Malcolm X habla a la juventud

Malcolm X HABLA A LA JUVENTUD

Discursos en
Estados Unidos,
Gran Bretaña
y África

Pathfinder
NUEVA YORK LONDRES MONTREAL SYDNEY

EDICIÓN: Steve Clark
REDACCIÓN EN ESPAÑOL: Luis Madrid

ISBN 0-87348-961-6
Número de control de la Biblioteca del Congreso (Library of Congress Control Number) 2002112333
Impreso y hecho en Estados Unidos de América
Manufactured in the United States of America

Primera edición, 2002
Segunda impresión, 2004

DISEÑO DE LA PORTADA: Eric Simpson
RETRATO DE LA PORTADA: Carole Byard, del Mural de Pathfinder
FOTO DE LA PORTADA: Margrethe Siem

Pathfinder
www.pathfinderpress.com
Correo electrónico: pathfinderpress@compuserve.com

DISTRIBUIDORES DE PATHFINDER EN EL MUNDO:
Australia (y Oceanía y el sudeste de Asia):
Pathfinder, Level 1, 3/281-287 Beamish St., Campsie, NSW 2194
Dirección postal: P.O. Box 164, Campsie, NSW 2194
Canadá:
Pathfinder, 699 Lansdowne Ave., Toronto, ON M6H 3Y9
Estados Unidos (y América Latina, el Caribe y el oriente de Asia):
Librería Pathfinder, 306 W. 37th St., 10th Floor, Nueva York, NY 10018-2852
Islandia:
Pathfinder, Skolavordustig 6B, Reikiavik
Dirección postal: P. Box 0233, IS 121 Reikiavik
Nueva Zelanda:
Pathfinder, P.O. Box 3025, Auckland
Reino Unido (y Africa, Europa, Oriente Medio y el Sur de Asia):
Pathfinder, 47 The Cut, Londres, SE1 8LF
Suecia:
Pathfinder, Domargränd 16, S-129 47 Hägersten

CONTENIDO

PREFACIO

Malcolm X aprovechaba toda ocasión para hablar con los jóvenes. Por todo el mundo, son los jóvenes "quienes realmente se dedican a la lucha para eliminar la opresión y la explotación", dijo en enero de 1965, al responder a una pregunta de un joven dirigente socialista en Estados Unidos.

Son ellos "quienes más rápidamente se identifican con la lucha y la necesidad de eliminar las condiciones nefastas que existen. Y aquí en este país", subrayó, "he podido observar que cuando uno traba una conversación sobre el racismo, sobre la discriminación y la segregación, se nota que son los jóvenes a quienes más indigna esto, quienes más ardientemente desean eliminarlo".

Esta convicción acerca de la receptividad de la juventud ante un mensaje revolucionario se expresa a lo largo de las cuatro charlas y la entrevista presentadas en esta edición de *Malcolm X habla a la juventud* que sale por primera vez en español y que está siendo editada de forma simultánea por Pathfinder Press y por la Casa Editora Abril, editorial de la Unión de Jóvenes Comunistas de Cuba. Al mismo tiempo se está produciendo una edición ampliada de la versión en inglés *Malcolm X Talks to Young People* —publicada originalmente en 1965 como folleto del Young Socialist (Joven Socialista) y luego en 1991, con material adicional, como libro— que incluirá el pliego ampliado de fotografías preparado para *Malcolm X habla a la juventud.*

❋

Malcolm X nació Malcolm Little el 19 de mayo de 1925 en Omaha, Nebraska. Su padre, un pastor bautista, era seguidor del movimiento de Marcus Garvey, la Asociación Universal por el Avance de los Negros, que abogaba por el retorno a África. Su madre era originaria de la nación caribeña de Granada. Cuando Malcolm tenía seis años, luego que su familia se mudó a Lansing, Michigan, su padre fue asesinado por una banda racista.

De adolescente Malcolm vivió en Boston y en Nueva York, donde se vio involucrado en delitos menores. En 1946 fue arrestado y declarado culpable bajo cargos de robo, y pasó seis años en la prisión estatal de Massachusetts. Fue tras las rejas que Malcolm comenzó a leer con voracidad: la historia del mundo, filosofía, lenguaje, ciencias, literatura, lo que pudiera encontrar en la biblioteca de la prisión. Y fue allí donde desarrolló los atributos —la confianza en su propia valía, la disciplina necesaria para el trabajo arduo y el estudio concentrado— que fueron piedras angulares de su transformación posterior en dirigente político revolucionario.

La integración de Malcolm a la Nación del Islam mientras estaba en la cárcel no fue un acto político, ni tampoco fue sencillamente un acto religioso, de la forma en que normalmente se entienden esos términos. Fue el camino específico por el cual retomó el control de su vida y llegó a ser Malcolm X, luego de vivir varios años como estafador callejero y delincuente de poca monta. En su autobiografía, relata sin ambages "lo hondo que tuvo que meterse en el fango la religión del islam para alzarme, para salvarme de lo que inevitablemente habría llegado a ser: un criminal en la tumba o, si seguía vivo, un convicto endurecido y amargado de 37 años de edad, metido en algún penal o en un manicomio".

Poco después de obtener libertad bajo palabra en 1952, Malcolm fue nombrado por Elijah Muhammad, el dirigente de la Nación, uno de sus ministros, adoptando el nombre de

Malcolm X. Posteriormente se desempeñó como director del periódico de la Nación, su portavoz nacional y jefe de la más grande de sus unidades, la Mezquita no. 7 en Harlem, en la Ciudad de Nueva York. Para comienzos de la década de 1960, Malcolm se vio atraído políticamente por las luchas en ascenso de los negros y de otros pueblos oprimidos en Estados Unidos y en el resto del mundo. Usó sus tribunas en Harlem y en los barrios negros por todo el país, así como en decenas de recintos universitarios, para denunciar la política del gobierno de Estados Unidos tanto dentro como fuera del país. Hizo campaña contra toda manifestación de racismo antinegro y condenó enérgicamente el despojo y la opresión de los pueblos de África, Asia y América Latina, perpetrados en aras del lucro y del poder de Washington y otros regímenes imperialistas.

"La revolución negra se está propagando por toda Asia, se está propagando por toda África, está alzando la cabeza en América Latina", dijo Malcolm en una charla que pronunció en noviembre de 1963 ante un público predominantemente negro en Detroit. "La Revolución Cubana: eso sí es una revolución", agregó. "Derrocaron el sistema. Hay revolución en Asia, hay revolución en África, y el hombre blanco está dando alaridos porque ve una revolución en América Latina. ¿Cómo creen que va a reaccionar ante ustedes cuando ustedes aprendan lo que es una verdadera revolución?"

Para 1962 resultaba cada vez más evidente la tirantez de Malcolm ante las perspectivas estrechas de la Nación del Islam, una organización nacionalista burguesa con una dirección empeñada en hallar su propio nicho económico dentro del sistema capitalista estadounidense. Describió estas crecientes tensiones en una charla —incluida en este libro— que dio ante un grupo de militantes pro derechos civiles en edad de secundaria que venían de McComb, Mississippi. La jerarquía de la Nación, dijo Malcolm, obstruía toda iniciativa suya o de otras personas para llevar a cabo una "acción combativa, acción intransigente". En abril de 1962, por ejemplo, Elijah Muhammad le ordenó a Malcolm que cancelara las acciones callejeras que estaba organizando en Los Ángeles para protestar contra el asesinato de Ronald Stokes, miembro de la Nación, y las heridas causadas a otros seis musulmanes por la policía de la ciudad.

Los conflictos que llevaron a que Malcolm se viera obligado a abandonar la Nación del Islam alcanzaron su punto culminante en 1963. En abril, Elijah Muhammad convocó a Malcolm a su residencia invernal en Phoenix, Arizona. Allí Malcolm se enteró, de boca del propio Elijah Muhammad, que eran ciertos los rumores que se esparcían en la organización de que Muhammad había tenido relaciones sexuales con varias jóvenes que pertenecían a la Nación del Islam y que entonces trabajaban como miembros de su personal. Varias de ellas habían quedado embarazadas, y Muhammad se había valido de su autoridad en la Nación para someterlas a juicios internos humillantes y suspenderlas de la organización bajo cargos de "fornicación".

El enterarse de esta conducta corrupta e hipócrita, encima de los crecientes conflictos políticos que Malcolm tenía con la jerarquía de la Nación, fue un momento decisivo. "Opinaba que en muchas áreas el movimiento venía arrastrando los pies", dijo Malcolm en una entrevista de enero de 1965 con la revista *Young Socialist,* que aquí se reproduce. "No se involucraba en las luchas civiles, cívicas o políticas que afrontaba nuestro pueblo. No hacía más que subrayar la importancia de la reforma moral: no bebas, no fumes, no permitas la fornicación y el adulterio. Cuando descubrí que la propia jerarquía no estaba poniendo en práctica lo que predicaba, vi con claridad que ese aspecto de su programa estaba en bancarrota".

A comienzos de marzo de 1964, Malcolm anunció su decisión de romper con la Nación del Islam. Él y sus colaboradores se organizaron inicialmente como la Mezquita Musulmana, Inc. Sin embargo, como Malcolm explicó a los jóvenes de McComb, Mississippi, pronto se dio cuenta que "había un problema que afrontaba nuestro pueblo en este país, que no tenía nada que ver con la religión y que estaba por encima e iba más allá de la religión", un problema que, por su magnitud, "no lo podía atacar una organización religiosa". Así inició en junio la formación de "otro grupo que no tuviera absolutamente nada que ver con la religión": la Organización de la Unidad Afro-Americana (OAAU), abierta a todos los negros comprometidos con la trayectoria revolucionaria social y política de Malcolm.

Durante los últimos meses de 1964 y comienzos de 1965, Malcolm se fue ganando un público más y más amplio, no sólo por todo Estados Unidos, sino en diversos continentes entre jóvenes y otros militantes de distintas razas y creencias. Hizo dos viajes extensos a África y al Oriente Medio, varios viajes cortos a Europa, y tenía programados otros más. Una de las cuatro charlas en esta colección fue dada en África y dos en el Reino Unido.

El gobierno estadounidense tomó nota del creciente respeto que Malcolm estaba logrando a nivel mundial entre jóvenes y trabajadores que se radicalizaban. Documentos estatales anteriormente clasificados, que se hicieron públicos a finales de la década de 1970, confirman que el FBI lo había tenido bajo una vigilancia sistemática a partir de 1953, poco después de que pasara a ser ministro de la Nación del Islam. Sin embargo, el espionaje y el hostigamiento se intensificaron —tanto en Estados Unidos como durante sus viajes al exterior— luego de que Malcolm rompiera con la Nación y fundara la OAAU. Además, documentos desclasificados del Programa de Contrainteligencia (Cointelpro) del FBI dan constancia de cómo el FBI utilizaba agentes provocadores para exacerbar conflictos asesinos entre los grupos que participaban en el movimiento de liberación de los negros.

Durante el último año de su vida, Malcolm X se pronunció de forma cada vez más directa sobre las raíces capitalistas del racismo, de la explotación y de la opresión imperialista. Malcolm jamás cedió una sola pulgada ante el patriotismo estadounidense, ya no se diga ante el nacionalismo imperialista. Los negros en Estados Unidos son "las víctimas del americanismo", dijo en la charla que dio en mayo de 1964 en la Universidad de Ghana, y que aquí se publica.

Malcolm fue un opositor intransigente de los partidos Demócrata y Republicano: los partidos gemelos del racismo y de la explotación capitalista. Malcolm instó a los jóvenes de McComb, Mississippi, a no andar "correteando por ahí tratando de hacerse amigos de quienes los están privando de sus derechos. Ellos no son sus amigos. No, ellos son sus enemigos. Trátenlos como tales y luchen contra ellos, y lograrán su libertad. Y después que logren su libertad, su enemigo los *va* a respetar".

En 1964 Malcolm rehusó apoyar o hacer campaña a favor del candidato presidencial demócrata Lyndon Baines Johnson contra el republicano Barry Goldwater. "El Partido Demócrata es, junto al Partido Republicano, responsable del racismo que existe en este país", dijo en la entrevista con el *Young Socialist.* "Los principales racistas en este país son demócratas. Goldwater no es el racista principal: es racista, pero no el principal . . . Si uno indaga, va a ver que cada vez que se sugiere cualquier propuesta de ley para mitigar las injusticias que padece el negro en este país, quienes se oponen son miembros del partido de Lyndon B. Johnson". Malcolm señalaba a menudo que era también la administración de Johnson la que presidía la guerra de Washington contra el pueblo de Vietnam y la matanza de combatientes de la lucha de liberación y de aldeanos en el Congo. La integridad revolucionaria que subyacía bajo esta intransigencia política a la hora de las elecciones de 1964 distinguió a Malcolm —y contribuyó a granjearle la enemistad— de casi todos los demás dirigentes de conocidas organizaciones pro derechos de los negros o de los sindicatos, como también de la gran mayoría de quienes se reclamaban radicales, socialistas o comunistas.

Malcolm X tendió la mano a revolucionarios y luchadores por la libertad en África, el Oriente Medio, Asia y otras regiones. En diciembre de 1964 Malcolm —quien cuatro años antes había recibido de forma demostrativa a Fidel Castro en Harlem— invitó al revolucionario cubano Ernesto Che Guevara a hablar ante un mitin de la OAAU en Harlem. A último momento Guevara no pudo asistir, pero envió a la reunión "los cálidos saludos del pueblo cubano" a través de un mensaje que Malcolm insistió en leer él mismo desde la tribuna.

El 21 de febrero de 1965 —10 días después de la última charla en esta colección, presentada en la Escuela de Economía de Londres— fue asesinado Malcolm X. Lo acribillaron cuando empezaba a hablar en una reunión de la OAAU en el Salón Audubon en Harlem. Al año siguiente, tres hombres, todos miembros o partidarios de la Nación del Islam, fueron declarados culpables del asesinato y recibieron sendas condenas de prisión que oscilaban entre 25 años y cadena perpetua. Uno de ellos, el pistolero arrestado en el propio lugar de los hechos, había dicho desde un comienzo que los dos hombres a quienes el tribunal declaró culpables junto a él, no lo eran. En 1977 emitió declaraciones firmadas donde dijo que los que habían estado involucrados con él eran otros cuatro partidarios de la Nación, pero el caso jamás se ha abierto de nuevo.

*

Como demuestran la entrevista y las charlas que aparecen en estas páginas, Malcolm llegó a reconocer que lo que vincula a quienes luchan contra la opresión y la explotación son las convicciones, compromisos y acciones revolucionarios que comparten, y no el color de la piel. Cuando habló en diciembre de 1964 en la Universidad de Oxford en el Reino Unido, Malcolm concluyó su presentación, que aquí se publica, diciendo: "La joven generación de blancos, negros, morenos y demás, ustedes están viviendo en una época de extremismo, una época de revolución, una época en la que tiene que haber cambios. La gente que está en el poder ha abusado de él . . . Por mi parte, me voy a unir a quien sea; no me importa del color que seas, siempre que quieras cambiar las condiciones miserables que existen en esta Tierra".

En Estados Unidos, Malcolm X habló en tres ocasiones —en abril y mayo de 1964 y de nuevo en enero de 1965— ante concurridos mítines del Militant Labor Forum en Nueva York, organizados por los partidarios del semanario socialista revolucionario *The Militant*. Para Malcolm esto era algo nuevo. Aun durante sus años como portavoz de la Nación del Islam, había hablado en universidades donde la gran mayoría del público no era predominantemente afro-americano. Sin embargo, la decisión de Malcolm de aceptar la invitación de hablar en el Militant Labor Forum era la primera vez en que accedía a participar en la tribuna de un evento celebrado fuera de Harlem o fuera de la comunidad negra en cualquier ciudad.

Malcolm les relató a los dirigentes de la Alianza de la Juventud Socialista que lo entrevistaron una conversación que había sostenido con el embajador argelino ante Ghana durante un viaje por África realizado en mayo. Este argelino, dijo Malcolm, era "un revolucionario en el verdadero sentido de la palabra (sus credenciales como tal las obtuvo al dirigir una revolución victoriosa contra la opresión en su país)".

Malcolm explicó que cuando le dijo al embajador argelino "que mi filosofía política, social y económica era el nacionalismo negro, me preguntó con franqueza que eso dónde lo situaba a él. Porque él era blanco. Era Africano, pero era argelino, y por su apariencia era un hombre blanco . . . Entonces me demostró que yo estaba alienando a personas que eran verdaderos revolucionarios, dedicados a derrocar, por todos los medios necesarios, el sistema de explotación que existe en este mundo".

"Eso me dio mucho que pensar y revaluar sobre mi definición del nacionalismo negro", dijo Malcolm. "¿Podemos decir que el nacionalismo negro comprende la solución de todos los problemas que enfrenta nuestro pueblo? Y si se han percatado, no he venido usando esa expresión desde hace varios meses. Pero todavía me costaría mucho trabajo si tuviera que dar una definición específica de la filosofía global que yo creo que es necesaria para la liberación del pueblo negro en este país".

Malcolm X habla a la juventud concluye con un tributo rendido a este dirigente revolucionario por Jack Barnes, uno de los jóvenes dirigentes socialistas que realizaron la entrevista. El tributo fue presentado poco después del asesinato de Malcolm en un mitin conmemorativo celebrado en marzo de 1965, auspiciado por el Militant Labor Forum en su sede del Bajo Manhattan. Barnes, entonces presidente nacional de la Alianza de la Juventud Socialista, se había reunido con Malcolm en una segunda ocasión pocos días después de la entrevista de enero de 1965, a fin de que Malcolm aprobara el texto final. Un artículo en el que Barnes describe la entrevista y las discusiones, publicado en el periódico *The Militant* en el primer aniversario de la muerte de Malcolm, aparece aquí por primera vez en español.

❋

Luis Madrid, editor de Pathfinder, supervisó la traducción y la preparación editorial de *Malcolm X habla a la juventud.* Rafaela Valerino de la Casa Editora Abril ofreció una valiosa ayuda al revisar los materiales en español y preparar la edición cubana. Los traductores voluntarios que se unieron a este esfuerzo incluyeron a Janne Abullarade, Hilda Cuzco, Paul Coltrin, Andrés Pérez, Alejandra Rincón, Aaron Ruby y Jacqueline Villagómez. Las traducciones previas al español fueron revisadas para esta edición.

El alegato que Malcolm presentó en diciembre de 1964 como parte del debate en la Universidad de Oxford, el cual fue transmitido a una teleaudiencia de millones por la British Broadcasting Corporation, aparece aquí en su totalidad por primera vez en esta edición de 2002 en español e inglés de *Malcolm X habla a la juventud.* Deseamos agradecer a Jan Carew el facilitarnos una grabación de la presentación completa de Malcolm, de la cual sólo la porción final había estado disponible anteriormente.

El discurso de Malcolm X en la Escuela de Economía de Londres, así como su discurso a los jóvenes de McComb y el periodo subsiguiente de preguntas y respuestas, aparecen aquí por primera vez en español. El discurso de mayo de 1964 que Malcolm X pronunció en la Universidad de Ghana apareció originalmente en inglés en el libro por Ed Smith *Where To, Black Man? An American Negro's African Diary* (¿Hacia dónde, hombre negro? El diario africano de un negro americano; Chicago: Quadrangle, 1967) y luego, en 1993, se publicó en español en el libro de Pathfinder *Habla Malcolm X.* Smith brindó información adicional sobre el viaje a Ghana, como lo hizo Alice Windom, quien ayudó a programar las actividades de Malcolm durante su visita de una semana allá. Durante su estadía se destacaron sus reuniones con el parlamento de ese país y con el presidente ghanés Kwame Nkrumah, así como la cena de despedida que la embajada cubana ofreció en honor de Malcolm. Alice Windom también facilitó fotografías del viaje a Ghana.

*

"Una de las primeras cosas que ustedes los jóvenes . . . deben aprender a hacer es ver por sí mismos, escuchar por sí mismos y pensar por sí mismos", dijo Malcolm a los estudiantes de McComb a comienzos de 1965. "Entonces pueden llegar a una decisión inteligente por sí mismos".

Este libro muestra cómo Malcolm se esforzó para hacer precisamente eso: ayudar a los jóvenes a romper con las influencias burguesas que los rodean y a tomar decisiones por cuenta propia. Es más, demuestra cuán importante fue para Malcolm el hecho de trabajar con jóvenes para su propia decisión de dedicar la vida a la construcción de un movimiento revolucionario internacionalista en Estados Unidos, un movimiento que pudiera unirse a la lucha a nivel mundial para erradicar el racismo, la explotación y la opresión de la faz de la Tierra.

Steve Clark
Septiembre de 2002

STEVE CLARK estuvo a cargo de la edición de esta colección así como de *Malcolm X: February 1965—The Final Speeches* (Malcolm X: febrero de 1965 —los discursos finales). Es también el editor de *Maurice Bishop Speaks: The Grenadian Revolution, 1979–83* (Habla Maurice Bishop: la revolución granadina, 1979–83), y coautor, junto a Jack Barnes, de "La política de la economía: Che Guevara y la continuidad marxista".

DE LA PORTADA Y LA ARTISTA

El retrato de Malcolm X en la portada lo realizó la pintora y escultora Carole Byard. Era parte del Mural de Pathfinder de seis pisos de altura en el Bajo Manhattan, que fue pintado por unos 80 artistas voluntarios de una veintena de países. En el mural se apreciaban retratos de dirigentes revolucionarios y proletarios cuyos discursos y escritos los edita Pathfinder, así como muchos otros héroes y heroínas de las luchas populares revolucionarias desde 1848 hasta el presente. Byard también pintó los retratos de las luchadoras antiesclavistas Harriet Tubman y Sojourner Truth.

El Mural de Pathfinder fue dedicado en 1989 y por siete años atrajo visitantes, grupos de turistas y dio pie a reportajes de toda Norteamérica y del resto del mundo. Para 1996 el mural se había deteriorado y descolorado severamente, y la superficie sobre la que descansaba se estaba desmoronando por los efectos del sol, la lluvia y la intemperie. Ese año, conforme se hizo refacciones estructurales a la pared bajo el mural, la obra fue cubierta con un panel protector.

Influenciadas por sus viajes por África, las pinturas, esculturas e ilustraciones de Carole Byard han recibido numerosos premios. Ella ha ilustrado más de una decena de libros para niños y ha enseñado en la Escuela de Diseño Parsons y en la Escuela de Arte de Baltimore.

SELVA NEBBIA/PATHFINDER PRESS

PRIMERA PARTE
EN ÁFRICA

La condición de 22 millones de afro-americanos en Estados Unidos

ALICE WINDOM

Malcolm X habla en el Gran Salón de la Universidad de Ghana, 13 de mayo de 1964.

"No estoy aquí para condenar a América. Estoy aquí para decirles la verdad acerca de la situación que enfrenta el pueblo negro en América. Y si la verdad condena a América, entonces condenada queda".

La condición de 22 millones de afro-americanos en Estados Unidos

Universidad de Ghana, 13 de mayo de 1964

La siguiente charla fue presentada en la Universidad de Ghana en Legón. El público, que colmó el Gran Salón de la universidad, fue el más numeroso al que Malcolm X se dirigió durante su viaje de tres semanas por África.

La charla formó parte de una gira de una semana por Ghana organizada por el Comité Malcolm X, integrado por un número de afro-americanos que vivían en ese país. Durante su estadía, Malcolm X dio una conferencia de prensa, se reunió con el presidente ghanés Kwame Nkrumah y se dirigió a miembros del parlamento de Ghana así como al Instituto Ideológico Kwame Nkrumah. Sostuvo conversaciones con el cuerpo diplomático de unos 15 países de África, Asia y América Latina, y en varias embajadas se celebraron cenas en su honor, incluido un acto de despedida ofrecido por el embajador cubano, Armando Entralgo.[1]

Mi intención es dar una charla muy informal, ya que nuestra posición en América [Estados Unidos] es una posición informal, [*Risas*] y me resulta muy difícil usar términos formales para describir una posición tan informal. Ningún pueblo del mundo enfrenta una condición más deplorable que la situación, la condición, de los 22 millones de negros en América. Y nuestra condición es tanto más deplorable porque vivimos en un país que se las da ser una democracia y que finge empeñarse en brindar justicia, libertad e igualdad a todo el que nazca bajo su constitución. Si hubiéramos nacido en Sudáfrica o en Angola o en otra parte del mundo donde nadie finge apoyar la libertad,[2] la situación sería diferente; pero cuando se nace en un país que se alza y se las da de líder del Mundo Libre y uno todavía tiene que suplicar y arrastrarse sólo para tener la oportunidad de tomarse una taza de café, entonces la situación es verdaderamente deplorable.

Por eso esta noche, a fin de que me entiendan y entiendan por qué hablo de esta forma, desde el principio debo aclararles que no soy un político. No sé nada de política. Vengo de América pero no soy americano. No llegué a ese país por voluntad propia. [*Aplausos*] Si yo fuera americano no habría problema, no habría necesidad de leyes ni de derechos civiles ni de nada más. Simplemente trato de afrontar la realidad tal y cual es. Vengo a esta reunión como una de las víctimas de América, una de las víctimas del americanismo, una de las víctimas de la democracia, una de las víctimas de un sistema muy hipócrita que hoy se pasea por toda la Tierra presumiendo que tiene el derecho de decir a otros pueblos cómo deben gobernar sus países, cuando ni siquiera puede corregir las porquerías que ocurren en su propio país. [*Aplausos*]

Así que si alguna otra persona de América viene a hablarles, probablemente hable como americano, y hable como alguien que ve a América a través de los ojos de un americano. Y generalmente ese tipo de personas se refiere a América, o a lo que existe en América, como el Sueño Americano. Sin embargo, para los 20 millones que somos descendientes de africanos no es un sueño americano, sino una pesadilla americana. [*Risas*]

Ni en Ghana, ni en ninguna otra parte de África, me siento como visitante. Siento que estoy en casa. He estado ausente por 400 años, [*Risas*] pero no por voluntad propia. Nuestro pueblo no fue a América en el *Queen Mary*, no volamos en la Pan American, y tampoco fuimos a América en el *Mayflower*. Fuimos en barcos de esclavos, fuimos en cadenas. No éramos inmigrantes en América; éramos carga destinada a servir a un sistema afanado en crear ganancias. Entonces es esta la condición o el nivel al que me refiero. Puede que no use el lenguaje que muchos de ustedes emplearían, pero creo que ustedes han de entender el significado de mis palabras.

Cuando estaba en Ibadán [Nigeria], en la Universidad de Ibadán, la noche del viernes pasado, los estudiantes me dieron un nuevo nombre, que me llega, es decir, que me gusta. [*Risas*] "Omowale", que dicen que en yoruba significa —si es que lo estoy pronunciando correctamente, y si no lo estoy pronunciando correctamente es porque en 400 años no he tenido la oportunidad de pronunciarlo [*Risas*]—, que en ese dialecto significa "El hijo ha regresado". Para mí fue un honor que se refirieran a mí como el hijo que tuvo la sensatez de regresar a la tierra de sus antepasados: a su patria, a su madre patria. No porque me haya enviado el Departamento de Estado, [*Risas*] sino que regresé por mi propia voluntad. [*Aplausos*]

Estoy feliz e imagino, ya que su política es que cada vez que un hombre negro sale de América y viaja a cualquier parte de África, Asia o América Latina y contradice lo que difunde el aparato de propaganda americano, generalmente al regresar a casa se entera de que su pasaporte ha sido anulado.[3] Bueno, si ellos no querían que dijera las cosas que estoy diciendo, jamás deberían de haberme dado un pasaporte. La política por lo general consiste en anular el pasaporte. Ahora, no he venido aquí para condenar a América, no estoy aquí para presentar una mala imagen de América, sino que estoy aquí para decirles la verdad acerca de la situación que enfrenta el pueblo negro en América. Y si la verdad condena a América, entonces condenada queda. [*Aplausos*]

Este es el continente más hermoso que jamás he visto. Es el continente más rico que jamás he visto, y por extraño que parezca, aquí encuentro a muchos americanos blancos que sonríen frente a nuestros hermanos africanos como si los hubieran querido toda la vida. [*Risas y aplausos*] El hecho es que estos mismos blancos que en América nos escupen la cara, los mismos blancos que en América nos aporrean brutalmente, los mismos blancos que en América azuzan sus perros contra nosotros sólo porque deseamos ser seres humanos libres, los mismos blancos que disparan sus cañones de agua contra nuestras mujeres y nuestros niños porque deseamos integrarnos con ellos, son los que están aquí en África sonriéndoles al rostro porque intentan integrarse con *ustedes*. [*Risas*]

Tuve que escribir una carta a casa ayer, y decir a algunos de mis amigos que si los negros americanos quieren integración, deberían de venir a África, porque aquí hay más blancos —es decir, blancos americanos— que parecen estar a favor de la integración que en todo ese país americano. [*Risas*] Sin embargo, lo que en realidad desean es integrarse a las riquezas que saben que existen aquí: los recursos naturales sin explotar, cuya riqueza supera hoy día la de cualquier otro continente de la Tierra.

Cuando volaba el domingo, de Lagos [Nigeria] a Accra [Ghana], venía al lado de un blanco que representaba algunos de esos intereses que —ya saben— están interesados en África. Y él admitió —al menos ésa era su impresión— que nuestros pueblos en África no sabían medir la riqueza, que veneran la riqueza en términos de oro y plata, no en términos de los recursos naturales que hay en la tierra. Y que en tanto los americanos u otros imperialistas o colonizadores del siglo XX pudieran seguir haciendo que los africanos midan la riqueza en términos de oro y plata, estos jamás tendrán la oportunidad de medir de verdad la riqueza que yace en el subsuelo, y seguirán pensando que son *ellos* quienes necesitan a las potencias de Occidente en vez de pensar que son las potencias de Occidente las que necesitan al pueblo y al continente que se conoce como África. La cosa es que espero no estropearle la política a nadie, o los complots o los planes o las intrigas a nadie, pero creo que esto se puede comprobar y constatar bien.

Ghana es una de las naciones más progresistas del continente africano, principalmente porque tiene uno de los dirigentes más progresistas y uno de los presidentes más progresistas. [*Aplausos*] El presidente de esta nación ha hecho algo que ningún americano, ningún americano blanco, desea ver que se haga. Bueno, sólo debería decir "ningún americano" porque allá todos los americanos son americanos blancos.

El presidente Nkrumah está haciendo algo que a ese gobierno en América no le gusta ver que se haga: está restaurando la imagen africana. Está haciendo que los africanos se sientan orgullosos de la imagen africana; y cada vez que los africanos se enorgullecen de la imagen africana y esa imagen positiva se proyecta en el exterior, el hombre negro en América, quien hasta ahora no ha tenido más que una imagen negativa de África . . . automáticamente cambia la imagen que tiene de sus hermanos africanos de negativa a positiva, y la imagen que el hombre negro en América tiene de sí mismo cambiará también de negativa a positiva.

Y los racistas americanos saben que pueden dominar a los africanos en América, a los afro-americanos en América, sólo en la medida en que tengamos una imagen negativa de nosotros mismos. Entonces nos hacen tener una imagen negativa de África. Y saben también que el día que la imagen de África cambie de negativa a positiva, automáticamente la actitud de 22 millones de africanos en América también va a cambiar de negativa a positiva.

Y uno de los esfuerzos más importantes para cambiar la

imagen de los africanos se está realizando precisamente aquí, en Ghana. Y la personalidad del ghanés se puede notar entre cualquier grupo de africanos en cualquier lugar de este planeta, porque uno no observa en él nada que refleje ningún sentimiento de inferioridad ni nada por el estilo. Y mientras tengan un presidente que les enseñe que pueden hacer lo mismo que cualquier otro ser humano bajo el sol, cuentan con un buen hombre. [*Aplausos*]

No sólo eso, quienes vivimos en América hemos aprendido a juzgar a los hombres negros: el rasero que usamos para juzgarlos es la actitud que América muestra hacia ellos. Cuando vemos a un hombre negro que constantemente está siendo elogiado por los americanos, empezamos a sospechar de él. Cuando vemos a un hombre negro que recibe de América honores y todo tipo de placas, y frases y palabras bonitas, inmediatamente empezamos a sospechar de esa persona. Porque nuestra experiencia nos dicta que los americanos no exaltan a ningún hombre negro que realmente esté trabajando en beneficio del hombre negro, porque ellos se dan cuenta que cuando uno empieza a trabajar en serio para lograr cosas que sean buenas para la gente del continente africano, todo lo bueno que se haga por la gente del continente africano tendrá que ser en perjuicio de alguien, porque hasta ahora alguien se ha beneficiado con la labor y la riqueza de los pueblos de este continente. Por eso, para juzgar a todos estos distintos dirigentes nuestra vara de medir consiste en averiguar qué opinión tienen de ellos los americanos. Y en cuanto a los dirigentes que por aquí reciben de los americanos encomios y palmaditas en el hombro . . . uno puede tirar de la cadena del retrete y dejar que se los lleve el agua. [*Risas*]

El presidente de este país no les gusta. No crean que sólo es cosa de la prensa americana, se trata del gobierno. En América, cuando uno nota un esfuerzo concertado de la prensa para hablar mal siempre de algún dirigente africano, generalmente esa prensa en realidad está reflejando la opinión del gobierno. Pero el gobierno americano es muy astuto. Si sabe que su propia opinión gubernamental va a provocar una reacción negativa de parte del pueblo al que quiere seguir explotando, entonces va a dárselas de que tiene una prensa libre y al mismo tiempo va a azuzar a esa prensa libre contra un verdadero dirigente africano, y luego desde la barrera dirá que esa no es la política gubernamental. Sin embargo, todo lo que sucede en América es política gubernamental. [*Risas*]

No es sólo el presidente de este país quien no les gusta. El presidente de Argelia, [Ahmed] Ben Bella, no les gusta porque es revolucionario, porque apoya la libertad para todo el mundo. [El presidente egipcio Gamal Abdel] Nasser no les gusta porque apoya la libertad para todo el mundo. A todos ellos se les refiere como dictadores. Tan pronto logran el respaldo de las masas de sus pueblos, son dictadores. Tan pronto logran la unidad del pueblo en sus países, son dictadores. Si no hay divisiones, peleas o disputas, el dirigente de dicho país, si es africano, es un dictador. Pero mientras se trate de América, sencillamente será un presidente americano que cuenta con el apoyo del pueblo. [*Risas y aplausos*]

Voy a hablar de América en un momento, pero antes quiero comentar sobre un aspecto de nuestras relaciones que he notado desde que llegué. He oído que hay un conflicto entre algunos hermanos y hermanas en este país, en cuanto a si es aconsejable o no que el gobierno desempeñe un papel tan prominente en guiar la educación —programas de estudio y otras cosas— del pueblo de un país y en las diversas universidades. Sí, cuando se tiene a un pueblo que ha estado colonizado tanto tiempo como el nuestro ha estado colonizado, y se le dice que ahora puede votar, se va a pasar discutiendo toda la noche y nunca va a lograr nada. Hace falta controlar todo hasta que la mentalidad colonial haya sido totalmente destrozada. Y cuando esa mentalidad colonial haya sido destruida, por lo menos al grado que todos entiendan por qué están votando, entonces se les brinda la oportunidad de votar por esto y por aquello. Sin embargo, este problema lo tenemos en América —como en otras partes donde ha existido el colonialismo—, de que la única manera en que ellos pueden ejercer o aplicar métodos democráticos es a través del consejo y la consulta.

Mi propia opinión, con honestidad y modestia, es que cada vez que uno quiera librarse de la mentalidad colonial, hay que dejar que el gobierno instituya el sistema educativo y lo vaya educando a uno por la dirección o por la vía que desea que uno tome; y luego, cuando el nivel de comprensión propio alcance el nivel debido, uno se podrá parar y argumentar o filosofar o hacer cosas por el estilo. [*Risas y aplausos*]

Probablemente en el continente africano no hay un dirigente mejor preparado que el presidente Nkrumah, porque él vivió en América, y sabe cómo son las cosas allá. No podría haber vivido en esa tierra el tiempo que él vivió allá, sin terminar decepcionado o confundido o engañado. Cada vez que a uno se le ocurra que América es la tierra de los libres, tiene que ir allá, quitarse su atuendo nacional y hacerse pasar por un negro americano, y se va a dar cuenta que no está en la tierra de los libres. [*Aplausos*] América es una potencia colonial. Es en 1964 una potencia colonial en la misma medida en que Francia, Gran Bretaña, Portugal y todos esos otros países europeos lo eran en 1864. Es una potencia colonial del siglo XX; es una potencia colonial moderna, y ha colonizado a 22 millones de afro-americanos. Mientras que sólo hay 11 millones de africanos colonizados en Sudáfrica, 4 ó 5 millones de colonizados en Angola; en este preciso instante, el 13 de mayo de 1964, en América hay 22 millones de africanos colonizados. ¿Qué es la ciudadanía de segunda clase si no el colonialismo del siglo XX? Ellos no quieren que uno sepa que la esclavitud todavía existe, por eso en vez de llamarla esclavitud, la llaman ciudadanía de segunda clase.

O uno es ciudadano o no es ciudadano para nada. Si uno es ciudadano, uno es libre; si uno no es ciudadano, es esclavo. Y el gobierno americano tiene miedo de admitir que nunca dio libertad al hombre negro en América, y ni siquiera reconoce que en América el hombre negro no es libre, no es ciudadano y carece de sus derechos. Lo esconde hábilmente con esas bonitas palabras de ciudadanía de segunda clase. Es colonialismo, neocolonialismo, imperialismo . . . [*Inaudible*] [*Risas*]

Uno de nuestros hermanos acaba de llegar aquí de Nueva York. Me dijo que cuando salió de Nueva York, la policía estaba patrullando Harlem en grupos de seis. ¿Por qué? Porque Harlem está a punto de estallar. ¿Saben qué quiero decir con "Harlem"? Harlem es la ciudad más famosa del mundo; no existe ninguna ciudad en el continente africano que tenga tantos africanos como Harlem. En Harlem la llaman la pequeña África, y cuando uno camina por Harlem se siente en Ibadán, todo el mundo se ve igual que uno. Y hoy la policía había desplegado sus fuerzas, andaban con sus cachiporras. A Harlem no llevan perros policías, porque la gente que vive en Harlem no permite que los perros policías entren a Harlem. [*Risas*] Esa es la realidad, no permiten que los perros policías entren a Harlem . . . [*Inaudible*]

Se preocupan por la existencia de pequeñas pandillas que han estado matando gente, matando gente blanca.[4] Bueno, al exterior ellos proyectan la imagen de que se trata de una pandilla antiblancos. No, no se trata de una pandilla antiblancos; es una pandilla *antiopresión*. Es una pandilla *antifrustración*. No saben qué otra cosa hacer. Han estado esperando que el gobierno les resuelva sus problemas; han estado esperando que el presidente les resuelva sus problemas; han estado esperando que el Senado y el Congreso y la Corte Suprema les resuelvan sus problemas; han estado esperando que los dirigentes negros les resuelvan sus problemas; y lo único que oyen es un montón de palabras bonitas. Y se frustran y no saben qué hacer. Y entonces hacen lo único que saben hacer, que es hacer lo mismo que hicieron los americanos cuando se sintieron frustrados con los británicos en 1776: libertad o muerte.

Eso es lo que hicieron los americanos; ellos no les ofrecieron a los ingleses la otra mejilla. No, entre ellos había un viejo llamado Patrick Henry que dijo, "¡Libertad o muerte!" Jamás he oído que se refieran a él como a un defensor de la violencia; dicen que es uno de los Padres de la Patria, porque tuvo la sensatez de decir "¡Libertad o muerte!"

Y hay una tendencia creciente entre los negros americanos hoy, que se dan cuenta que no son libres . . . están llegando al punto en que están dispuestos a decirle al Hombre, por más grande que sea la desventaja, y por alto que sea el precio a pagar: libertad o muerte. Si ésta es la tierra de los libres, entonces dennos un poco de libertad. Si ésta es la tierra de la justicia, entonces dennos un poco de justicia. Y si ésta es la tierra de la igualdad, queremos un poco de igualdad. Esta es cada vez más la actitud entre los negros americanos, entre los afro-americanos, de los que habemos 22 millones.

¿Se justifica que hable así? Veamos. Hace apenas dos meses estaba en Cleveland, Ohio, cuando a un sacerdote blanco lo mataron con un bulldozer.[5] Yo estaba en Cleveland, yo estaba allí. Ya se imaginan que si un hombre blanco con la vestimenta, el uniforme, el hábito —o como quieran llamarlo— propio de un sacerdote . . . [*inaudible*], si lo atropellan con un bulldozer, ¿qué no serán capaces de hacerle a un hombre negro? Si atropellan a alguien que *se ve* como ellos y que se manifiesta a favor de la libertad, ¿qué va a poder hacer un hombre negro? Esto no fue en Mississippi, esto fue en Cleveland, en el norte. Este es el tipo de experiencia que el hombre negro en América enfrenta a diario . . . [*Inaudible*]

SEGUNDA PARTE
EN GRAN BRETAÑA

Todos los medios necesarios para lograr la libertad

Las masas oprimidas del mundo claman por la acción contra el opresor común

OXFORD MAIL

Malcolm X ingresa a la sala antes del debate en la Universidad de Oxford en el Reino Unido, 3 de diciembre de 1964.

"La joven generación de blancos, negros, morenos y demás: ustedes están viviendo en una época de extremismo, una época de revolución. Por mi parte, me voy a unir a quien sea; no me importa del color que seas, siempre que quieras cambiar las condiciones miserables que existen en esta Tierra".

Todos los medios necesarios para lograr la libertad

Universidad de Oxford, 3 de diciembre de 1964

Las palabras que siguen fueron presentadas durante un debate patrocinado por la Unión de Oxford, una sociedad estudiantil de debates en la Universidad de Oxford en el Reino Unido. El debate lo transmitió por televisión a una audiencia de millones la British Broadcasting Corporation. La proposición a debatirse fue "El extremismo en defensa de la libertad no es un defecto, la moderación en pos de la justicia no es una virtud", declaración hecha por Barry Goldwater en 1964 en el discurso con que aceptó su postulación por el Partido Republicano para presidente de Estados Unidos.

Malcolm X fue el quinto de seis oradores, y el segundo de tres que defendieron la proposición arriba indicada. Los otros dos fueron Eric Abrahams, un estudiante de Jamaica y presidente de la Unión de Oxford; y Hugh MacDiarmid, un poeta escocés y miembro del Partido Comunista. Entre los tres que rebatieron la proposición estuvo Humphrey Berkeley, miembro del Partido Conservador y del Parlamento, quien habló directamente antes que Malcolm. No hubo un periodo de discusión. El público, que incluía a muchos estudiantes oriundos de África y Asia, acogió los comentarios de Malcolm con aplausos entusiastas.

Las actas de la reunión dan constancia que en el voto que se realizó después del debate, la proposición defendida por Malcolm recibió 137 votos a favor y 228 en contra.

MALCOLM X: Señor presidente, esta es la primera noche en que he tenido una oportunidad, como nunca antes, de estar tan cerca de conservadores como lo estoy. [*Risas*] Y el orador que me precedió . . . quiero primero agradecerles la invitación para venir aquí a la Unión de Oxford. El orador que me precedió es uno de los mejores pretextos que conozco para probar nuestro punto en lo referente a la necesidad, algunas veces, del extremismo en defensa de la libertad, de por qué no es un defecto, y por qué la moderación en busca de justicia no es una virtud. No digo eso de él, a nivel personal, pero ese es el tipo . . . [*Risas y aplausos*]

Tiene razón. X no es mi verdadero apellido. Sin embargo, si estudian historia, se enterarán por qué ningún hombre negro en el hemisferio occidental sabe su verdadero apellido. Algunos de sus ancestros secuestraron a nuestros ancestros de África y nos llevaron al hemisferio occidental y allá nos vendieron. Y nos despojaron de nuestros nombres de modo que hoy día no sabemos realmente quiénes somos. Yo soy uno de quienes lo admiten, y por eso sólo puse ahí una X, para no seguir usando su apellido.

En cuanto a la acusación de apartheid que me atribuye, en lo que a mí concierne evidentemente él está malinformado. No creo en ninguna forma de apartheid. No creo en ninguna forma de segregación. No creo en ninguna forma de racismo. Pero al mismo tiempo, tampoco acepto que una persona tenga razón sólo porque su piel es blanca. Y a menudo, cuando se encuentra gente como esta —quiero decir de ese tipo— [*Risas*] cuando un hombre de quien les han enseñado que está por debajo suyo tiene las agallas o la firmeza de cuestionar algo de su filosofía o de sus conclusiones, por lo general nos ponen esa etiqueta, una etiqueta que está diseñada únicamente para proyectar una imagen que el público va a encontrar desagradable.

Soy musulmán. Si eso tiene algo de malo, entonces que me condenen. Mi religión es el islam. Creo en Alá. Creo en Mahoma como el apóstol de Alá. Creo en la hermandad de todos los hombres, pero no creo en la hermandad con nadie que no esté listo para practicar la hermandad con nuestro pueblo. [*Aplausos*] No creo en la hermandad . . . me tomo el tiempo para aclarar unas cuantas cosas, porque me doy cuenta que una de las tretas de Occidente —y me imagino que mi buen amigo, o por lo menos ese tipo [*Risas*] es de Occidente— una de las tretas de Occidente es la de utilizar o crear imágenes.

Crean imágenes de una persona que no acepta sus opiniones, y se aseguran que esa imagen sea algo desagradable, y que a partir de ahí se rechaze cualquier cosa que esta persona tenga que decir. Esta es una política que ha practicado, más bien, Occidente. Tal vez la habrían practicado otros si hubieran estado en el poder, pero durante los últimos siglos es Occidente que ha estado en el poder. Ellos han creado las imágenes, y han utilizado estas imágenes muy hábilmente y muy exitosamente. Por eso hoy necesitamos un poco de extremismo a fin de corregir una situación muy asquerosa, o corregir una situación muy extremadamente asquerosa. [*Risas*]

Creo que la única forma en que uno puede determinar de verdad si se justifica o no el extremismo en defensa de la libertad, es enfocándolo no como un americano o un europeo o un africano o un asiático, sino como un ser humano. Si lo consideramos como tipos diferentes, de inmediato comenzamos a pensar en términos de si el extremismo es bueno para uno y malo para otro, o malo para uno y bueno para otro. Sin embargo, si lo consideramos, si nos consideramos a nosotros mismos seres humanos, dudo que alguien vaya a refutar que el extremismo en defensa de la libertad, de la libertad de cualquier ser humano, no es un defecto. Cada vez que se esclavice a alguien o de cualquier manera se le prive de su libertad, en lo que a mí respecta, se justifica que esa persona, como ser humano, recurra a los métodos que sean necesarios para que logre de nuevo su libertad. [*Aplausos*]

Sin embargo, la mayoría de la gente piensa usualmente sobre el extremismo como algo relativo . . . algo que tiene que ver con alguien que conocen o algo sobre lo que han oído hablar. No creo que consideran el extremismo por sí mismo, como algo aislado. Lo aplican a algo. Un buen ejemplo, y una de las razones por las que no se puede entender bien hoy día: muchas personas que han tenido posiciones de poder en el pasado no se dan cuenta que el poder, que los centros de poder, están cambiando. Cuando uno ha estado en una posición de poder por mucho tiempo, se acostumbra a usar su vara de medir, y da por sentado que sólo porque le ha impuesto su vara de medir a otros, que todos aún siguen usando esa misma vara. Entonces es su definición de extremismo la que usualmente se aplica a todo mundo.

Sin embargo, hoy día las cosas están cambiando, y el centro del poder está cambiando. Pueblos que en el pasado no habían estado en posición de tener su vara de medir, o de usar una propia, ahora están usando su propia vara de medir. Y tú usas una y ellos usan otra. En el pasado, cuando el opresor tenía una vara de medir, el oprimido usaba esa misma vara. Hoy día los oprimidos están rompiendo sus grilletes y consiguiendo sus propias varas de medir. Y cuando ellos dicen extremismo, no quieren decir lo mismo que uno. Y cuando uno dice extremismo, no quiere decir lo mismo que ellos. Son dos significados completamente diferentes. Y cuando esto se entiende, creo que uno puede entender mejor porque quienes están usando métodos extremistas se ven obligados a usarlos.

Un buen ejemplo es el Congo.[6] Cuando la gente que está en el poder quiere usar, de nuevo, crear cierta imagen para justificar algo que está mal, utilizan la prensa, utilizan la prensa para crear una imagen humanitaria para el diablo, o una imagen de diablo para un humanitario. Toman a una persona que es víctima del crimen y hacen que parezca que es el criminal. Y toman al criminal y hacen que parezca que es la víctima del crimen. Y la situación en el Congo es uno de los mejores ejemplos que puedo citar en este preciso instante para puntualizar esto. La situación en el Congo es un ejemplo horrible de cómo un país, por estar en el poder, puede usar su prensa y lograr que el mundo acepte algo que es absolutamente criminal.

Usan pilotos con entrenamiento americano —toman pilotos que ellos dicen que tienen entrenamiento americano— y eso automáticamente les da respetabilidad, [*Risas*] y van y los llaman cubanos anticastristas. Y se supone que con eso se aumenta su respetabilidad [*Risas*] y se omite el hecho de que están lanzando bombas sobre aldeas que no cuentan con la más mínima defensa contra esos aviones, haciendo añicos de mujeres negras —mujeres congolesas, niños congoleses, bebés congoleses—. Esto es extremismo. Sin embargo, a esto nunca se refieren como extremismo porque está avalado por Occidente, financiado por América. América lo hace respetable. Y ese tipo de extremismo jamás se califica de extremismo. Porque no es un extremismo en defensa de la libertad. Y si es extremismo en defensa de la libertad, como esa charla acaba de señalar, es un extremismo en defensa de la libertad del tipo incorrecto de personas. [*Aplausos*]

No estoy abogando a favor de ese tipo de extremismo. Eso es asesinato a sangre fría. No obstante, la prensa está acostumbrada a que ese asesinato a sangre fría parezca un acto humanitario.

Lo llevan un paso más lejos y toman a este hombre llamado Tshombé, quien es un asesino. Se refieren a él como el premier o el primer ministro del Congo para darle respetabilidad. Es en realidad el asesino del legítimo primer ministro del Congo. [*Aplausos*] Ellos jamás mencionan que este hombre . . . no apoyo el extremismo en defensa de ese tipo de libertad o ese tipo de actividad. Toman a este hombre, que es un asesino. El mundo lo ve como un asesino. Sin embargo, lo hacen primer ministro. Pasa a ser un asesino pagado, un asesino a sueldo, apuntalado con dólares americanos. Y para demostrar el grado al que es un asesino a sueldo, lo primero que hace es ir a Sudáfrica y contrata más asesinos y los lleva al Congo. Les dan el glorioso nombre de mercenarios, que significa asesino a sueldo; no es alguien que mata por cierto tipo de patriotismo, o cierto tipo de ideal, sino un hombre que es un asesino a sueldo, un asesino contratado. Y uno de sus dirigentes procede de aquí, de este mismo país. Y lo glorifican como un soldado de fortuna, cuando está matando mujercitas negras y bebés negros y niños negros.

No estoy a favor de ese tipo de extremismo. Estoy a favor del tipo de extremismo que quienes están siendo destruidos por esas bombas, destruidos por esos asesinos contratados, logran ofrecer para detener todo eso. Van a arriesgar sus vidas a cualquier costo. Van a sacrificar sus vidas al costo que sea contra ese tipo de actividad criminal.

Estoy a favor del tipo de extremismo que los luchadores de la libertad en el régimen de Stanleyville son capaces de desplegar contra estos asesinos a sueldo, quienes en realidad están usando dólares de mis impuestos —que yo tengo que pagar en Estados Unidos— para financiar allá ese operativo. No estamos a favor de ese tipo de extremismo.

Y, de nuevo, creo que uno debe señalar que el verdadero criminal allá es la —o más bien, uno de los [*Malcolm se ríe*]— entre los que están bien implicados, como cómplices del crimen, está la prensa. No tanto la prensa de ustedes, sino la prensa americana, que ha embaucado a la prensa de ustedes para que repita lo que ellos se han inventado. [*Risas y aplausos*]

Pero estaba leyendo en uno de los periódicos ingleses esta mañana, creo que es un periódico llamado el [*Daily*] *Express.* Y hacía un relato muy claro del tipo de actividad criminal que han estado llevando a cabo los mercenarios que se pagan con dólares de los impuestos de Estados Unidos. Y mostró dónde estaban matando congoleses, fueran del gobierno central o del gobierno de Stanleyville. A ellos no les importaba, sencillamente los mataban. Lo habían arreglado de manera que quienes habían sido procesados debían usar en la cabeza una venda blanca. Y a cualquier congolés que veían sin esa venda blanca, lo mataban. Esto lo señalan muy claramente en los periódicos ingleses. Si lo hubieran publicado la semana pasada, habría habido protestas, y nadie habría permitido que los belgas o que Estados Unidos, y los demás con quienes están en contubernio, llevaran a cabo la actividad criminal que cometieron en el Congo, que dudo que alguien en el mundo, ni siquiera aquí en Oxford, va a aceptar. Ni siquiera mi amigo. [*Risas*]

INTERRUPCIÓN: Cuestión de [*Inaudible*]

MALCOLM X: ¿Sí?

LA MISMA PERSONA: Me pregunto ¿qué . . . exactamente qué tipo de extremismo consideraría usted el asesinato de misioneros? [*Del público: "¡Bien dicho!" Aplausos*]

MALCOLM X: Lo llamaría el tipo de extremismo que se empleó cuando América lanzó la bomba sobre Hiroshima y mató a 80 mil personas, o más de 80 mil personas, hombres, mujeres y niños, de todo. Fue un acto de guerra. Lo llamaría también el mismo tipo de extremismo que ocurrió cuando Inglaterra lanzó bombas sobre ciudades alemanas, y los alemanes lanzaron bombas sobre ciudades inglesas. Fue un acto de guerra. Y la situación del Congo es una de guerra. Y cuando uno la llama guerra, entonces cualquiera que muere, muere una muerte justificada. Sin embargo, quienes están . . . [*Protestas del público: "¡Qué vergüenza!"*] Sin embargo, quienes están en el régimen de Stanleyville, señor, están defendiendo su país. Quienes están yendo allá, están invadiendo su país. Y algunos de los refugiados a quienes entrevistaron por televisión en esta ciudad hace un par de días, señalaron que si no hubieran lanzado los paracaidistas, ellos dudaban que hubieran abusado de ellos. No estaban abusando de ellos sino hasta que lanzaron los paracaidistas. [*Aplausos*]

No incito a ningún acto de asesinato, y tampoco glorifico la muerte de nadie. Pero creo que cuando el público blanco usa su prensa para ampliar el hecho de que lo que está en juego son las vidas de rehenes blancos —no dicen "rehenes", todos los periódicos dicen "rehenes blancos"— me da la impresión de que atribuyen más importancia a un rehén blanco y a la muerte de un blanco que a la muerte de un ser humano sin importar el color de su piel. [*Aplausos*]

Me siento obligado a aclarar este punto, que no estoy a favor de ningún asesinato indiscriminado. Tampoco veo la muerte de tanta gente sin que eso provoque cierto sentimiento. No obstante, creo que los blancos están cometiendo un error —y si leen sus propios periódicos, van a tener que estar de acuerdo— al hacer una distinción, en un lenguaje bien definido, entre el tipo de muerte según el color de la piel. Y cuando comiencen a pensar en términos de que muerte es muerte, no importa qué tipo de ser humano sea, probablemente entonces lograremos sentarnos todos como seres humanos y eliminar este extremismo y esta moderación. Sin embargo, mientras exista la situación actual, vamos a necesitar de cierto extremismo, y creo que algunos de ustedes van a necesitar también cierta moderación.

Entonces, ¿por qué un acto como el del Congo, que es tan claramente criminal, se debiera condonar? Se condona principalmente porque ha sido glorificado por la prensa y han hecho que luzca bello, y por tanto el mundo automáticamente lo aprueba. Y este es el papel que desempeña la prensa. Si uno estudia la historia pasada, distintas guerras, la prensa siempre . . . cada vez que un país que está en el poder quiere intervenir, injustamente, e invadir la propiedad de otro, usa la prensa para que parezca que el área que están por invadir está llena de salvajes, o está llena de gentes que se han vuelto locas, o que están violando mujeres blancas, abusando de monjas; usan la misma vieja táctica año tras año.

Ahora bien, hubo una época en que el mundo obscuro, la gente de piel obscura, creía cualquier cosa que veía en los diarios que se originaban en Europa. Pero hoy, no importa lo que se ponga en el diario, se detienen y lo ojean dos o tres veces y tratan de discernir qué motiva al escritor. Y por lo general pueden determinar qué motiva al escritor.

Usan la prensa. Los que están en el poder usan la prensa para dar al diablo una imagen angelical y dar una imagen de diablo a quien en verdad es angelical. Hacen que la opresión y la explotación y la guerra parezcan en realidad un acto de humanitarismo. No es ése el tipo de extremismo que apoyo, con el que estoy de acuerdo.

Una de las razones por las que me parece necesario aclarar mi propio punto, en lo personal, es que ayer tuve una conversación con una estudiante aquí en la universidad. Y ella, despues que estuvimos . . . creo que nos tomamos un café o algo, cenamos. Éramos varios. Tengo que añadir esto, para esas sus mentes descarriadas. [*Risas y aplausos*]

Y ella me preguntó, me dijo, "Bueno, me sorprende pues no es lo que esperaba". Le dije, "¿Qué quisiste decir, qué quieres decir?" [*Risas*] Dijo, "Bueno, estaba buscándole los cuernos". [*Risas*] Entonces le dije, "Sí tengo, sólo que los mantengo escondidos". [*Risas*] A menos que alguien haga que los saque, como mi amigo, o ese tipo . . . se requiere de ciertos tipos para que los saque. [*Risas*]

Esto es verídico. Usualmente, si a una persona la consideran extremista, no importa lo que esa persona haga, a la vista de uno, es extremo. Por otro lado, si a una persona se la considera conservadora, prácticamente todo lo que hace es conservador. Y esto también sucede mediante la manipulación de imágenes. Lo que quieran hacerle creer a uno —que cierta área, que cierta persona o que cierto grupo, es extremista, o más bien, que está envuelto en actividades extremistas—, lo primero que hacen es proyectar a esa persona con la imagen de un extremista. Y todo lo que haga a partir de entonces es extremo. No importa en lo más mínimo si es algo bueno o malo. En lo que a uno concierne, si la imagen es mala, todo lo que ellos hagan es malo.

Y eso es lo que ha hecho la prensa occidental, y también la prensa americana. Y es algo que aprenden la prensa inglesa y la prensa europea. Siempre que un hombre negro en América da señales de mantener una actitud intransigente contra las injusticias que experimenta a diario, y no despliega la menor inclinación para hacer acomodos o transigir, la prensa americana comienza a proyectar a esa persona como radical y extremista, alguien que es irresponsable o es un agitador, o alguien que no sabe usar, que no razona al tratar el problema.

INTERRUPCIÓN: Me pregunto si consideraría que ha logrado verme proyectado —con mucho éxito— como una imagen muy desagradable de "un tipo".

MALCOLM X: Depende desde qué ángulo . . . [*Protestas del público*] No, dejen que el caballero exponga su punto. Depende desde qué ángulo lo vea uno, señor. Yo no . . . jamás intento esconder quién soy. Si . . .

LA MISMA PERSONA: Me estoy refiriendo más que todo a su trato del orador anterior.

MALCOLM X: ¿Se está refiriendo a mi trato del orador anterior? [*Risas y aplausos*] Entonces me está dando la razón [*Risas*] que siempre y cuando lo haga un blanco, está bien. Un negro no está supuesto a tener sentimientos. [*Aplausos*] Entonces, cuando un negro devuelve un golpe, es un extremista. Está supuesto a quedarse sentado pasivamente y a no tener sentimientos, a ser no violento, y a amar a su enemigo. No importa qué tipo de ataque, sea verbal o de otro tipo, se supone que lo debe aguantar. Pero si se alza y de alguna forma intenta defenderse, [*Malcolm se ríe*] entonces es un extremista. [*Risas y aplausos*]

No. Creo que el orador que me precedió está recibiendo justamente su merecido. [*Risas*] La razón por la que creo en el extremismo —extremismo dirigido de forma inteligente, extremismo en defensa de la libertad, extremismo en busca de la justicia— es porque creo firmemente y de corazón que el día que el hombre negro adopte una medida intransigente y se dé cuenta —cuando su propia libertad se vea amenazada— que está en su derecho de usar todos los medios que sean necesarios para conseguir su libertad o frenar esa injusticia, no creo que vaya a estar solo.

Vivo en América, donde hay sólo 22 millones de negros en comparación con probablemente 160 millones de blancos. Una de las razones por las que de ninguna forma me siento reacio ni vacilante de hacer lo que sea necesario para que el pueblo negro haga algo para protegerse a sí mismo, honestamente creo que el día que lo haga, muchos blancos lo van a respetar más. Y va a haber más blancos a su lado de los que ahora están a su lado con esa insípida perspectivita de "ama a tu enemigo" que han venido usando hasta ahora.

Y si me equivoco, entonces ustedes son racistas. [*Risas y aplausos del público*]

Como dije anteriormente, en mi conclusión, soy un musulmán. Creo en la religión del islam. Creo en Alá, creo en Mahoma, creo en todos los profetas. Creo en el ayuno, la oración, la caridad y en cumplir lo que a un musulmán le corresponda para ser un musulmán. En abril tuve la fortuna de hacer la peregrinación a La Meca, y volví de nuevo en septiembre a fin de cumplir mis funciones y requisitos religiosos.

Sin embargo, al mismo tiempo que creo en esa religión, debo señalar que también soy un negro americano, y vivo en una sociedad cuyo sistema social se basa en castrar al hombre negro, cuyo sistema político se basa en castrar al hombre negro, y cuya economía se basa en castrar al hombre negro. Una sociedad que, en 1964, cuenta con métodos más sutiles, engañosos y deshonestos para hacer creer al resto del mundo que está limpiando su casa, a la vez que en 1964 nos ocurren las mismas cosas que en 1954, en 1924 y en 1984.

Se aparecieron con lo que llaman la ley de derechos civiles en 1964, supuestamente para resolver nuestros problemas, y después que se aprobó la ley, tres activistas de derechos civiles fueron asesinados a sangre fría.[7] Y el jefe del FBI [J. Edgar] Hoover admite que saben quién lo hizo. Lo han sabido desde el mismo instante en que ocurrió, y no han hecho nada al respecto: la ley de derechos civiles por la cloaca. No importa cuántas leyes aprueben, para el pueblo negro en ese país de donde vengo . . . nuestras vidas aún no valen dos centavos. Y el gobierno ha demostrado su incapacidad, o su falta de voluntad, de hacer lo que sea necesario para proteger la vida y la propiedad en lo que respecta al negro americano.

Sostengo que cuando un pueblo llegue a la conclusión de que el gobierno que ha apoyado no muestra deseos o se muestra incapaz de proteger sus vidas y proteger su propiedad porque tenemos el color de piel equivocado, entonces no somos seres humanos a menos que nos juntemos y hagamos lo que sea, como sea y cuando sea necesario a fin de lograr que se protejan nuestras vidas y nuestra propiedad. Y dudo que alguien aquí rehusaría hacer lo mismo si se encontrara en la misma posición. O, debiera decir, si se encontrara en la misma condición. [*Aplausos*]

Sólo iré un poco más allá, para ver si se justifica que adopte esta posición. Y digo que estoy hablando como un hombre negro en América, que es una sociedad racista. No importa cuánto uno la oiga hablar de democracia, es tan racista como Sudáfrica o tan racista como Portugal, o tan racista como cualquier otra sociedad racista en esta Tierra. La única diferencia que tiene con Sudáfrica, es que Sudáfrica predica la separación y practica la separación; América predica la integración y practica la segregación. Esta es la única diferencia. Ellos no practican lo que predican, mientras que Sudáfrica predica y practica lo mismo. Respeto más a un hombre que me deja saber su posición, aún si está equivocado, que uno que viene como un ángel y no es más que un diablo. [*Aplausos*]

El sistema de gobierno de América consiste de comités. Hay 16 comités senatoriales y 20 comités congresionales que gobiernan a ese país. De los 16 comités senatoriales 10 están en manos de los racistas sureños, senadores que son racistas. De los 20, 13 —bueno, esto era antes de las últimas elecciones— creo que ahora son más. Diez de los 16 comités senatoriales están en manos de senadores que son racistas sureños, 13 de los 20 comités congresionales estaban en manos de congresistas sureños que son racistas. Lo que significa que de 36 comités que gobiernan el curso externo e interno de ese gobierno, 23 están en manos de racistas sureños: hombres que de ninguna manera creen en la igualdad entre los hombres, y hombres que harían lo que fuera que estuviera en su poder a fin de que el negro no llegue jamás al mismo escaño o al mismo nivel que ellos ocupan.

La razón por la que esos hombres de esa área tienen ese tipo de poder es porque América tiene un sistema de antigüedad. Y quienes cuentan con esa antigüedad han estado ahí más tiempo que cualquier otra persona porque los negros de las áreas en donde viven no pueden votar. Y es únicamente porque al hombre negro lo privan de su voto que estos hombres llegan a posiciones de poder, que en el gobierno tienen una influencia que va más allá de su verdadera capacidad intelectual o política, y más allá incluso del número de personas de las áreas que representan.

Entonces en ese país podemos ver que sin importar lo que el gobierno federal alegue que hace, el poder del gobierno federal descansa en esos comités. Y cada vez que se propone cualquier tipo de legislación que va a beneficiar al hombre negro, o que le va a dar al hombre negro lo que debidamente le corresponde, nos damos cuenta que la ponen bajo llave allí mismo en esos comités. Y cuando dejan pasar algo por un comité, por lo general está ya tan tasajeado y amañado que para cuando se convierte en ley, es una ley que no se puede hacer cumplir.

Otro ejemplo es el fallo contra la segregación que la Corte Suprema emitió en 1954.[8] Esta es una ley; y es una ley que no han podido hacer cumplir en la Ciudad de Nueva York, o en Boston, o en Cleveland, o en Chicago, en las ciudades norteñas. Y mi opinión es que cuando un país, supuestamente una democracia, la supuesta tierra de los libres y hogar de los valientes, no puede hacer cumplir leyes que beneficien al hombre negro —ni siquiera en el extremo norte, cosmopolita y progresista del país—, si esas leyes no se pueden hacer cumplir o si tal ley no se puede hacer cumplir, ¿cuánto creen que nos va a animar que aprueben una ley sobre derechos civiles si lo único que implica es una ley más? Si no pueden hacer cumplir esta ley, jamás van a hacer cumplir aquellas leyes.

Entonces, en mi opinión enfrentamos una sociedad racista, una sociedad en la que ellos son deshonestos, embusteros, y la única forma en la que podemos lograr un cambio es hablando el tipo de lenguaje . . . el tipo de lenguaje que entienden. Los racistas jamás entienden un lenguaje pacífico. El racista jamás entiende el lenguaje de la no violencia. El racista que tenemos nos ha hablado en su lenguaje por 400 años.

Hemos sido víctimas de su brutalidad. Somos quienes enfrentan sus perros, los que arrancan la carne de nuestros miembros sólo porque queremos hacer cumplir el fallo de la Corte Suprema. Somos a quienes les rompe el cráneo, no el Ku Klux Klan, si no la policía, sólo porque queremos hacer cumplir lo que llaman el fallo de la Corte Suprema. Somos contra quienes descargan los cañones de agua, con tanta presión que arranca la ropa del cuerpo, no la de los hombres, sino la ropa del cuerpo de mujeres y niños. Ustedes mismos lo han visto. Sólo porque queremos hacer cumplir lo que ellos llaman la ley.

Bien, siempre que uno vive en una sociedad que supuestamente se basa en la ley, y no hace cumplir su propia ley porque sucede que el color de la piel de un hombre es el equivocado, entonces yo digo que se justifica que ese pueblo recurra a los medios que sean necesarios para lograr justicia donde el gobierno no les puede dar justicia. [*Aplausos*]

No creo en el extremismo injustificado de ningún tipo. Sin embargo, creo que cuando un hombre ejerce el extremismo, cuando un ser humano ejerce el extremismo en defensa de la libertad de seres humanos, eso no es un defecto. Y cuando alguien es moderado al ir en busca de la justicia para los seres humanos, yo digo que es un pecador.

Y podría añadir, en conclusión: América es en realidad uno de los mejores ejemplos —si uno lee su historia— del extremismo. El viejo Patrick Henry dijo: "¡Libertad o muerte!" Eso es extremo, muy extremo. [*Risas y aplausos*]

Leí una vez, de pasada, acerca de un hombre llamado Shakespeare. Sólo leí acerca de él de pasada, pero recuerdo algo que escribió que me conmovió. Lo puso, creo, en boca de Hamlet, quien dijo: "Ser o no ser" —sentía dudas sobre algo—. [*Risas*] "Si es más noble en la mente del hombre sufrir los golpes y flechas de una fortuna atroz" —la moderación— "o alzarse en armas contra un mar de dificultades y, al enfrentarlas, darles fin".

Eso sí me gusta. Si uno se alza en armas, le pone fin a eso. Pero si uno se queda sentado esperando a que quien está en el poder decida si le va a poner fin, entonces se va a quedar esperando por un largo rato.

Y en mi opinión la joven generación de blancos, negros, morenos y demás . . . ustedes están viviendo en una época de extremismo, una época de revolución, una época en la que tiene que haber cambios. La gente que está en el poder ha abusado de él, y ahora tiene que haber un cambio y hay que construir un mundo mejor, y la única forma en que se va a construir es con métodos extremos. Por mi parte, me voy a unir a quien sea; no me importa del color que seas, siempre que quieras cambiar las condiciones miserables que existen en esta Tierra.

Gracias. [*Aplausos*]

PRESS ASSOCIATION

GEOFF SMITH / EXPRESS & STAR

Al día siguiente de que habló en la Escuela de Economía de Londres en febrero de 1965, Malcolm X viajó a Smethwick, Inglaterra, para solidarizarse con la comunidad negra de esa ciudad. El consejo municipal había estado comprando las casas conforme se ponían a la venta, y luego rehusaba vendérselas a negros o asiáticos. **Página anterior:** en los estudios de la BBC de Londres, 2 de diciembre de 1964, el día anterior al debate en la Universidad de Oxford.

"Pretenden volver al hombre negro víctima de todo tipo imaginable de condiciones injustas. Y cuando explota, ¡quieren que explote cortésmente! ¡Vaya! Es que se han metido con el hombre equivocado, en el momento equivocado, de la forma equivocada".

Las masas oprimidas del mundo claman por la acción contra el opresor común

Escuela de Economía de Londres,

11 de febrero de 1965

El siguiente discurso fue pronunciado en la Escuela de Economía de Londres ante un mitin convocado por la Sociedad África de dicha escuela. No se ha encontrado jamás una grabación de la primera sección de los comentarios de Malcolm X.

Unicamente porque soy un musulmán no veo a las personas por el color de su piel. Esta religión enseña la hermandad. Sin embargo, debo ser realista: vivo en América, una sociedad que no cree en la hermandad en ningún sentido de la palabra. Los racistas blancos usan la fuerza bruta para reprimir a los no blancos. Es una sociedad racista regida por segregacionistas.

No apoyamos la violencia de ninguna forma o índole. Sin embargo, creemos que las personas contra quienes se comete la violencia deberían poder defenderse a sí mismos. Por lo que ellos me están haciendo, me incitan a la violencia. La gente debería ser no violenta siempre y cuando esté lidiando con una persona no violenta. La inteligencia exige que a la violencia se responda con violencia. Cada vez que uno deje que alguien se le pare en la cabeza sin hacer nada al respecto, no estará actuando con inteligencia y ya no debería de estar en esta Tierra: y no va a seguir en esta Tierra por mucho tiempo tampoco.

Jamás he dicho que los negros debieran de iniciar actos de agresión contra los blancos. Sin embargo, cuando el gobierno no protege al negro, éste tiene derecho de hacerlo por su propia cuenta. Está en su derecho. Me he dado cuenta que los únicos elementos blancos que no quieren que a los negros indefensos se les dé este consejo, son los liberales racistas. Ellos usan la prensa para pintarnos a imagen de la violencia.

Hay un elemento de blancos que no son más que unos racistas fríos y animalescos. Ese elemento es el que controla o que ejerce una gran influencia en la estructura de poder. Emplea hábilmente los medios de prensa para ofrecer al público estadísticas que dan la impresión de que en la comunidad negra, o en la comunidad de los no blancos, el índice de delincuencia es elevadísimo. Se crea la impresión o la imagen de que todos los de esa comunidad son delincuentes.

Y tan pronto el público acepta el hecho de que la comunidad de piel obscura consta en gran parte de delincuentes o de personas sucias, entonces se permite que la estructura de poder establezca un sistema de estado policial. A su vez, eso hará permisible —a juicio incluso de un público blanco bien intencionado—, que entren y empleen todo tipo de métodos policiales para reprimir brutalmente la lucha por parte de ese pueblo contra la segregación, la discriminación y otros actos totalmente injustos que perpetran contra ellos.

Utilizan a la prensa para establecer este estado policial, y utilizan a la prensa para lograr que el público blanco acepte lo que sea que hagan con el público de piel obscura. Es lo que hacen aquí en Londres en este preciso instante con las constantes alusiones al alto índice de criminalidad que tienen la población antillana y la población asiática, o a la tendencia que tienen hacia la suciedad. Ellos poseen todo tipo de características negativas que proyectan para que el público blanco se retraiga o para hacer que el público blanco se muestre apático cuando en esas zonas se empleen métodos tipo estado policial para reprimir la lucha honesta y justa del pueblo contra la discriminación y otras formas de segregación.

Un buen ejemplo de cómo lo hacen en Nueva York: el verano pasado, cuando los negros realizaban disturbios . . . bueno, en primer lugar, en realidad no fueron disturbios; fueron reacciones contra la brutalidad policiaca.[9] Y cuando los afroamericanos reaccionaron ante las brutales medidas que la policía perpetraba contra ellos, la prensa de todo el mundo los calificó de revoltosos. Cuando se rompieron los cristales de las tiendas en la comunidad negra, inmediatamente se dio la impresión de que quienes lo hacían no eran personas que reaccionaban ante violaciones de derechos civiles, sino matones, vagos, delincuentes, que no querían más que meterse a las tiendas y saquear mercancías.

Pero eso es falso. En América, la comunidad negra en la que vivimos no nos pertenece. El casero es blanco. El comerciante es blanco. Es más, la economía entera de la comunidad negra en Estados Unidos está controlada por alguien que ni siquiera vive allí. La propiedad en la que vivimos le pertenece a otro. La tienda en que compramos la maneja otro. Y esa es la gente que le chupa la sangre económica a nuestra comunidad.

Y al poder chupar la sangre económica de nuestra comunidad, controlan los programas de radio con que nos atienden, controlan los periódicos, los anuncios, con que nos atienden. Nos controlan la mente. Acaban por controlar nuestras organizaciones cívicas. Acaban por controlarnos en lo económico, lo político, lo social, lo sicológico y en cualquier otro aspecto. Nos chupan la sangre como buitres.

Y cuando se ve que los negros reaccionan —ya que la gente que hace eso no está allí—, ellos reaccionan contra su propiedad. La propiedad es lo único que hay. Y la destruyen. Y aquí a ustedes les da la impresión de que al destruir la propiedad en que viven, ellos están destruyendo su propiedad. No. Como no pueden caerle al Hombre, la agarran con sus bienes. [*Risas*]

Esto no quiere decir que eso sea inteligente. Pero ¿quién oyó hablar jamás de una explosión sociológica que se haya hecho de forma inteligente y cortés? Y eso es lo que pretenden que haga el hombre negro. Pretenden encerrarlo en el ghetto y volverlo víctima de todo tipo imaginable de condiciones injustas. Y cuando explota, ¡quieren que explote cortésmente! [*Risas*] Quieren que explote siguiendo las reglas de otro. Si es que se han metido con el hombre equivocado, en el momento equivocado, de la forma equivocada.

Otro ejemplo de la destreza que tienen con esta imaginería, a nivel internacional, es la reciente situación en el Congo. Allí tenemos un ejemplo de aviones que van lanzando bombas sobre aldeas africanas indefensas. Cuando se lanza una bomba sobre una aldea africana, no hay manera de defender al pueblo de la bomba. La bomba no distingue entre hombres y mujeres. La bomba se lanza sobre hombres, mujeres, niños y bebés. Ahora bien, para nada se ha disimulado el hecho de que los aviones han venido lanzando bombas sobre las aldeas congolesas durante todo el verano. No hay protestas. No hay muestras de preocupación. No hay compasión. Ni siquiera de parte de los llamados progresistas hay deseos de intentar ponerle fin a este asesinato en masa. ¿Por qué?

Porque lo único que tuvo que hacer la prensa fue usar esa astuta frase propagandística de que estas aldeas se encontraban en "territorio bajo control rebelde". ¿Qué significa "control rebelde"? Es un enemigo, entonces no importa lo que ellos le hagan a esa gente, está bien. Uno deja de pensar que las mujeres y los niños y los bebés del llamado territorio bajo control rebelde son seres humanos. Así, lo que sea que se les haga se hace justificadamente. Y los progresistas, los liberales, no lanzan ni siquiera una protesta. Se quedan de brazos cruzados, como cautivados por la imaginería de la prensa que se ha perfeccionado aquí también en Occidente.

Se refieren a los pilotos que lanzan bombas sobre esos bebés como "pilotos cubanos anticastristas con entrenamiento americano". Con tal que tengan entrenamiento americano, se supone que a eso debes darle el visto bueno, ya que América es tu aliada. Con tal que sean cubanos anticastristas, ya que se supone que Castro es un monstruo y estos pilotos están en contra de Castro, no importa a quién más se opongan. Entonces, aviones americanos, con bombas americanas, piloteados por pilotos que tienen entrenamiento americano, lanzan bombas americanas sobre gente negra, bebés negros, niños negros, destruyéndolos por completo, que no es nada menos que asesinato en masa: eso pasa totalmente desapercibido . . . [*Interrupción en la cinta*]

Toman a este hombre Tshombé —supongo que es un hombre— y tratan de hacer que el público lo encuentre aceptable utilizando a la prensa para hablar de él como el único que puede unificar al Congo. Imagínense, un asesino —no un asesino cualquiera, sino el asesino de un primer ministro, asesino del legítimo primer ministro del Congo— y aun así se lo quieren imponer al pueblo del Congo mediante la manipulación occidental y las presiones occidentales. Estados Unidos, el país de donde vengo, paga su sueldo. Ellos reconocen abiertamente que pagan su sueldo. Y al decirlo, no quiero que piensen que vine a dar un discurso antiamericano. [*Risas*] Yo no vendría para eso. He venido a dar un discurso, a decir la verdad. Y si la verdad es antiamericana, entonces échenle la culpa a la verdad no a mí. [*Risas*]

A él lo apuntalan los dólares americanos. Los salarios de los asesinos a sueldo de Sudáfrica que él emplea para matar a congoleses inocentes se pagan con dólares americanos. Eso quiere decir que vengo de un país que está bien atareado enviando los Cuerpos de Paz a Nigeria a la vez que envía asesinos a sueldo al Congo. [*Risas*] El gobierno no es consecuente; algo allí está mal. Y hace que algunos de mis hermanos y hermanas africanos a quienes tanto gusto les ha dado ver llegar los Cuerpos de Paz a sus playas, vean esa cosa de nuevo, y vean qué es en realidad. [*Del público: "¿Qué es?"*] Exactamente lo que dice: Cuerpos de *Paz*, tomen un *pedazo* de su país.[10] [*Risas y aplausos*]

Así que lo que hace la prensa con su habilidad de crear esa imaginería, es usar sus páginas para provocar la histeria entre el público blanco. Y tan pronto la histeria del público blanco alcanza la medida adecuada, entonces comienzan a manipular la compasión del público blanco. Y una vez que la compasión alcanza la medida adecuada, plantean su programa, sabiendo que para lo que sea que hagan van a contar con el apoyo del público blanco crédulo. Y lo que van a hacer es criminal. Y lo que están haciendo es criminal.

¿Cómo lo hacen? Si recuerdan haber leído en los periódicos, nunca hablaban de los congoleses que estaban siendo masacrados. Sin embargo, tan pronto unos cuantos blancos, que las vidas de unos cuantos blancos estaban en juego, empezaban a hablar de "rehenes blancos", "misionarios blancos", "sacerdotes blancos", "monjas blancas" . . . como si una vida blanca, una sola vida blanca, fuera mucho más valiosa que una vida negra, que mil vidas negras. Manifestaron su franco desprecio por la vida de los negros, y su profunda preocupación por la vida de los blancos. Así es la prensa. Y una vez que la prensa había incitado a los blancos, todo lo que las potencias de Occidente quisieron hacer contra estos indefensos e inocentes luchadores por la libertad de las provincias orientales del Congo, el público blanco lo aceptó. [*Del público: "Es cierto".*] Ellos saben que es cierto.

Entonces, para ese fin lo que han hecho —sólo en cuanto a la manipulación de la prensa— los gobiernos de Occidente, en cierto sentido se han dejado atrapar, al apoyar a Tshombé, igual que Estados Unidos está atrapado allá en Vietnam del Sur.[11] Si sigue de frente pierde, si da marcha atrás pierde. En el Congo se está empantanando de la misma manera.

Porque ninguna tropa africana logra victorias para Tshombé. Nunca lo han hecho. La única guerra, las únicas batallas que han sido ganadas por tropas africanas, en la revolución africana, en la zona del Congo, fueron las logradas por los combatientes de liberación de la provincia Oriental. Ganaron batallas con lanzas, con piedras, con ramas. Ganaron batallas porque tenían el alma puesta en lo que hacían. Pero los hombres de Tshombé del gobierno del Congo central nunca ganaron batallas. Y por eso tuvo que importar a estos mercenarios blancos, estos asesinos a sueldo, para que ganaran algunas batallas en su nombre. Lo que significa que el gobierno de Tshombé sólo puede permanecer en el poder con la ayuda de los blancos, con soldados blancos.

Bueno, llegará el momento en que no va a poder reclutar a más mercenarios y las potencias de Occidente, las que en realidad lo respaldan, tendrán que comprometer abiertamente sus propias tropas. Lo que quiere decir que te vas a empantanar en el Congo igual que estás empantanado ahora en Vietnam del Sur. Y en el Congo no puedes ganar. Si no puedes ganar en Vietnam del Sur, sabes que no puedes ganar en el Congo.

Vamos a ver. ¿Crees que puedes ganar en Vietnam del Sur? Los franceses estaban bien atrincherados. Los franceses estuvieron bien atrincherados en Vietnam durante unos cien años. Tenían las mejores armas de guerra, un ejército altamente motorizado, todo lo que uno podía necesitar. Y los guerrilleros salían de los arrozales con tan sólo unos tenis y un rifle [*Risas*] y un plato de arroz, nada más que tenis, un rifle y un plato de arroz. Y ya saben lo que hicieron en Dien Bien Phu. Echaron a los franceses.[12] Y si los franceses estaban bien atrincherados y no se pudieron quedar, ¿cómo creen que se va a quedar alguien más, que ni siquiera está allí todavía? [*Del público: "Va a volver a pasar lo mismo".*] En un momento le toca a usted. [*Risas*] Me voy a sentar y usted va a poder decir todo lo que quiera. Incluso puede hablar desde acá. [*Del público: "Sí, sólo hacía el comentario de que fueron los chinos . . ."*] Hágalo después. [*Risas*]

Sí, todos son hermanos. Todavía estaban . . . tenían un plato de arroz, un rifle y unos tenis. No me importa si venían de China o de Vietnam del Sur. [*La persona del público sigue interrumpiendo; alguien más responde: "¡Cállate!"*] Y los franceses ya no están. No nos importa cómo lo hicieron; ya no están. [*Malcolm se ríe; risas del público*] Lo mismo va a suceder en el Congo.

Vean, la revolución africana tiene que seguir adelante y una de las razones por las que las potencias de Occidente luchan tanto e intentan confundir la cuestión del Congo es que no se trata de un proyecto humanitario. No es el sentimiento ni el sentido de humanidad lo que los motiva a entrar y salvar a unos cuantos rehenes, sino que hay mucho más en juego.

No sólo se dan cuenta de que el Congo es una fuente de riqueza mineral, minerales que ellos necesitan. Sino que el Congo está situado estratégica y geográficamente de tal manera que de caer en manos de un auténtico gobierno africano, que toma a pecho los anhelos y aspiraciones del pueblo africano, entonces será posible que los africanos pongan a sus propios soldados justo en la frontera de Angola y echen de allí a los portugueses de un día para otro.

Así que si cae el Congo, tendrán que caer Mozambique y Angola. Y cuando caigan, de repente se va a tener que lidiar con Ian Smith.[13] Va a dejar de estar de un día para otro, una vez que uno pueda poner tropas en su frontera. [*Aplausos*] Así es. Lo que significa que es sólo cuestión de tiempo para que estén en la propia frontera con Sudáfrica, y entonces podrán hablar el idioma que entienden los sudafricanos. Y ese es el único idioma que entienden. [*Aplausos*]

Quisiera señalar aquí y ahora —y lo digo sin rodeos— que se ha visto una generación de africanos que de verdad creían que podían negociar, negociar, negociar y al final conseguir cierto tipo de independencia. Sin embargo, ahora llega una nueva generación, que apenas nace hoy día, y que comienza a pensar con cabeza propia y a ver que en la actualidad no se puede negociar la libertad. Si a uno le pertenece algo por derecho, entonces o uno lucha por ello o se calla. Si uno no puede luchar por ello, entonces más vale olvidarlo. [*Aplausos*]

De modo que nosotros en Occidente nos la jugamos con la revolución africana. Nos la jugamos por lo siguiente: mientras el continente africano estuvo dominado por enemigos, mientras estuvo dominado por las potencias coloniales, estas potencias eran enemigas del pueblo africano. Eran enemigas del continente africano. No eran buenas sus intenciones con el pueblo africano, no le hicieron ningún favor al pueblo africano, no le hicieron ningún favor al continente africano.

Y desde la posición que ocupaban, fueron quienes crearon la imagen del continente africano y del pueblo africano. Crearon una imagen negativa de ese continente y de ese pueblo. Y proyectaron en el exterior esta imagen negativa. Entre los pueblos del exterior proyectaron una imagen de África muy odiosa, sumamente odiosa.

Y como era odiosa, los más de cien millones que habemos de ascendencia africana en Occidente veíamos esa imagen odiosa y no queríamos identificarnos con ella. Le rehuíamos, y no porque era algo de lo que se debía rehuir. Pero nos creímos la imagen que el enemigo había creado de nuestra propia tierra. Y por odiar esa imagen acabamos odiándonos a nosotros mismos sin siquiera darnos cuenta. [*Aplausos*]

¿Por qué? Porque una vez que en Occidente se nos hizo odiar a África y odiar al africano, pues, el efecto de la reacción en cadena era que tendríamos que terminar odiándonos a nosotros mismos. Uno no puede odiar las raíces del árbol sin odiar el árbol, sin acabar por odiar el árbol. Uno no puede odiar su propio origen sin acabar odiándose a sí mismo. Uno no puede odiar la patria, la madre patria, el lugar del que uno proviene, no podemos odiar a África sin acabar odiándonos a nosotros mismos.

El hombre negro del hemisferio occidental —en Norteamérica, Centroamérica, Sudamérica y en el Caribe— es el mejor ejemplo de todos de cómo se puede lograr, con mucha habilidad, que uno se odie a sí mismo.

La razón por la que ustedes están teniendo un problema con los antillanos es que ellos odian su origen. Como no quieren aceptar su origen, carecen de origen, carecen de identidad. Andan correteando por aquí en busca de una identidad, y en lugar de procurar ser lo que son, quieren ser ingleses. [*Aplausos*] Y en realidad no tienen la culpa. Porque en América nuestra gente trata de ser americana, y en las islas se ve que quieren ser ingleses, y nada cae más pesado que un jamaiquino que ande correteando por aquí tratando de ser más inglés que los propios ingleses. [*Risas y aplausos*]

Y yo digo que es un problema muy grave, porque todo se debe a lo que las potencias de Occidente hacen con la imagen del continente africano y del pueblo africano. Al hacer que nuestro pueblo en el hemisferio occidental odiara a África, acabamos por odiarnos a nosotros mismos. Odiábamos nuestras características africanas. Odiábamos nuestra identidad africana. Odiábamos nuestros rasgos africanos. Tanto así que algunos en Occidente odiábamos la forma de nuestra nariz. Odiábamos la forma de nuestros labios. Odiábamos el color de nuestra piel y la textura de nuestro cabello. Era una reacción, pero no nos dábamos cuenta que era una reacción.

Imagínense, hay quienes tienen la osadía, algunos blancos se atreven a referirse a *mí* como un maestro del odio. Si le estoy enseñando a alguien a odiar, le enseño a odiar el Ku Klux

Klan. Pero en América, nos han enseñado a odiarnos a nosotros mismos. A odiar nuestra piel, a odiar nuestro cabello, a odiar nuestros rasgos, a odiar nuestra sangre, a odiar lo que somos. ¡Vaya! Es que el Tío Sam tiene maestría para enseñar a odiar, al punto que le hace pensar a alguien que está enseñando a amar, cuando está enseñando a odiar. Cuando logras que un hombre se odie a sí mismo, de veras que puedes hacer lo tuyo y sanseacabó. [*Risas y aplausos*]

Al lograr hábilmente que odiáramos a África y, a la vez, que nos odiáramos a nosotros mismos, que odiáramos el color de nuestra piel y nuestra sangre, nuestro color pasó a ser una cadena. Nuestro color pasó a ser una cadena para nosotros. Pasó a ser una cárcel. Pasó a ser algo vergonzoso, algo que creíamos que nos refrenaba, que nos dejaba atrapados.

Y como creíamos que nuestro color nos tenía atrapados, que nos tenía encarcelados, que nos tenía reprimidos, acabamos odiando la piel negra, que creíamos que nos refrenaba. Acabamos por odiar la sangre negra, que creíamos que nos refrenaba. Este ha sido el problema del negro en Occidente.

El africano no se ha dado cuenta que este era el problema. Y sólo mientras al propio africano lo mantuvieran en cadenas las potencias coloniales, mientras le impidieran proyectar una imagen positiva de sí mismo en nuestro continente, algo que pudiéramos ver con orgullo y con lo que entonces nos pudiéramos identificar . . . sólo mientras se mantuviera oprimido al propio africano se nos mantendría oprimidos a nosotros.

Sin embargo, en la misma medida en que durante los últimos años el pueblo africano se ha independizado y ha asumido una posición en ese continente para proyectar su propia imagen, la imagen ha cambiado de negativa a positiva. Y en la misma medida en que ha cambiado de negativa a positiva, se ve que la imagen que el hombre negro en Occidente tiene de sí mismo también ha cambiado de negativa a positiva. En la misma medida en que el africano se ha vuelto intransigente y combativo al saber qué quiere, se ve que el hombre negro en Occidente ha seguido la misma vía.

¿Por qué? Porque el mismo palpitar, el mismo corazón, el mismo latido que conmueve al hombre negro del continente africano —a pesar de que 400 años nos han separado de ese continente madre, y a pesar de que un océano nos ha separado de ese continente madre— aun así, hoy día el mismo latido del corazón del hombre negro del continente africano, late también en el corazón del hombre negro en Norteamérica, en Centroamérica, en Sudamérica y en el Caribe. Muchos de ellos no lo saben, pero es cierto. [*Aplausos*]

Mientras odiáramos nuestra sangre africana, nuestra piel africana, nuestra africanía, acabábamos sintiéndonos inferiores, nos sentíamos inadecuados y nos sentíamos impotentes. Y como nos sentíamos tan inferiores y tan inadecuados y tan impotentes, en vez de tratar de alzarnos sobre nuestros propios pies y ver qué resolvíamos por nuestra propia cuenta, recurríamos al hombre blanco, pensando que era el único que nos lo podría resolver. Porque nos enseñaron, se nos ha enseñado, que él era la belleza personificada y el éxito personificado.

En la Conferencia de Bandung de mil novecientos cincuenta y . . . [*Del público: "cinco"*] cinco, [*Risas*] se dio uno de los primeros y mejores pasos hacia la auténtica independencia de los pueblos no blancos. Los pueblos de África y de Asia y de Latinoamérica lograron congregarse. Se sentaron, se dieron cuenta que entre ellos había diferencias. Acordaron dejar de hacer hincapié en estas diferencias, sumergir las áreas de diferencias y hacer hincapié en las áreas en las que algo tenían en común.[14]

Este acuerdo alcanzado en Bandung produjo el espíritu de Bandung. Así que los pueblos que estaban oprimidos, que no tenían jets, ni armas nucleares, ni ejércitos ni armadas . . . a pesar de que no tenían nada de eso, sólo la unidad entre ellos bastó para que, con los años, maniobraran y permitieran que se independizaran otras naciones en Asia, y que se independizaran muchas más naciones en África.

Y para 1959, muchos de ustedes recordarán, el colonialismo en el continente africano ya se había empezado a derrumbar. Se empezó a derrumbar porque el espíritu del nacionalismo africano se había abanicado para ir desde una chispa a una llama ardiente, e impidió que las potencias coloniales se quedaran por la fuerza. Anteriormente —cuando los africanos tenían miedo— las potencias coloniales podían llegar con un acorazado, o amenazar con desembarcar un ejército, o algo por el estilo, y el pueblo oprimido se rendía y seguía colonizado durante otro tiempo más.

Pero para 1959, todo el miedo se había alejado del continente africano y del continente asiático. Y como este miedo se había ido, sobre todo con respecto a las potencias coloniales de Europa, les fue imposible continuar allí con los mismos métodos que hasta entonces habían empleado.

Es igual que cuando alguien está jugando fútbol. Si lleva el balón y queda acorralado, no lo bota, sino que se lo pasa a sus compañeros que están desmarcados. Y en 1959, cuando Francia y Gran Bretaña y Bélgica y algunos otros se vieron acorralados por el nacionalismo africano en ese continente, en lugar de deshacerse del balón del colonialismo, se lo pasaron al único compañero que estaba desmarcado, que era el Tío Sam. [*Risas*] El Tío Sam cogió el balón [*Risas y aplausos*] y hasta la fecha no lo suelta. [*Risas y aplausos*]

Quien lo tomó, en realidad, fue John F. Kennedy. Este fue el delantero más hábil que América ha producido desde hace mucho tiempo, seguro que sí. Era muy taimado; era inteligente; era un intelectual; se rodeaba de intelectuales con mucha previsión y muchas mañas. Lo primero que hicieron fue volver a analizar el problema. Se dieron cuenta de que se enfrentaban a un problema nuevo.

La novedad del problema se dio por el hecho que los africanos habían perdido todo el miedo. Habían dejado de tener miedo. Por eso las potencias coloniales no podían quedarse por la fuerza, y América, la nueva potencia colonial, potencia neocolonial, o neoimperialista, tampoco podía quedarse por la fuerza. Así que idearon un método "amistoso", un método nuevo que era amistoso. El colonialismo benévolo o imperialismo filantrópico. [*Risas*] Le llamaron humanitarismo, o dolarismo. Y si bien los africanos sabían combatir el colonialismo, les resultó difícil combatir el dolarismo, o condenar el dolarismo. Se trataba de una amistad simbólica, y todas las supuestas ventajas que les ofrecieron a los países africanos no eran más que gestos simbólicos.

Pero del 54 al 64 fue la época de un África emergente, de un África independiente. Y el impacto que cobraron esas naciones africanas independientes en la lucha por los derechos civiles de Estados Unidos fue tremendo. Primero, una de las primeras cosas que produjo la revolución africana fue el rápido crecimiento de un movimiento llamado el movimiento de los Musulmanes Negros. La combatividad observada en el continente africano fue uno de los principales factores que motivaron el rápido crecimiento del grupo conocido como el movimiento de los Musulmanes Negros, al que yo pertenecía. Y el movimiento de los Musulmanes Negros fue uno de los principales ingredientes de toda la lucha por los derechos civiles, aunque el movimiento en sí nunca lo inició . . . [*Se interrumpe la grabación*]

Deberían darle gracias a Martin Luther King, porque Martin Luther King ha mantenido a raya a los negros hasta hace poco. Sin embargo, ya está perdiendo el control, está perdiendo su influencia, está perdiendo el control.

Ya sé que no quieren que lo diga. No obstante, vean que es por eso que tienen problemas. Quieren que venga alguien y les diga que la casa está protegida, cuando están encima de un polvorín. [*Risas y aplausos*] Así es la mentalidad, este es el nivel de la mentalidad occidental de hoy. En vez de afrontar la verdad sobre el peligro en que se encuentran, prefieren que alguien venga a echar mentiras y les diga que todo está bien y los arrope y adormezca. [*Risas*] ¡Vaya! Es que lo mejor que alguien le puede decir a uno es indicarle lo harto que está su inquilino de tanta desilusión y frustración.

Entonces, para concluir mi charla, debo señalar que así como John F. Kennedy se percató de la necesidad de un nuevo enfoque para el problema africano . . . y debo decir que fue durante su administración que Estados Unidos ganó tanta influencia en el continente africano. Sacaron a las demás potencias coloniales y se metieron con su enfoque benévolo, filantrópico y amistoso. Y lograron ejercer control sobre países de ese continente de manera tan firme como la que habían tenido algunas de las potencias coloniales. No sólo en el continente africano, sino también en Asia. Lo hicieron con dólares.

Con nosotros en Estados Unidos también emplearon un nuevo método. Amistoso. Mientras que anteriormente sencillamente nos negaban ciertos derechos de manera rotunda, comenzaron a emplear un método nuevo, amañado. Y este método consistía en dar la impresión de que tomaban medidas para resolver nuestros problemas. Aprobaban leyes, se daban fallos de la Corte Suprema. La Corte Suprema emitió en 1954 lo que denominaron el fallo sobre la desegregación —todavía sigue sin ponerse en vigor, ni siquiera pueden hacer que se cumpla en la Ciudad de Nueva York, donde yo vivo— con el que se prohibía el sistema escolar segregado, supuestamente para abolir la educación segregada en Mississippi y Alabama y otros lugares del Sur. Y ni siquiera han podido poner en vigor este fallo de la Corte Suprema con respecto al sistema educativo de la Ciudad de Nueva York ni de Boston ni algunas de las llamadas ciudades liberales del norte.

Todo fue simbolismo. Dieron a creer al mundo que habían desegregado la Universidad de Mississippi. Allí se ve lo embusteros que son. Tomaron a un negro, de nombre [James] Meredith, y llevaron a la prensa del mundo para demostrar que iban a resolver el problema [*Risas*] al meter a Meredith en la Universidad de Mississippi. Creo que les costó algo así como unos 15 millones de dólares y tuvieron que usar unos 7 mil soldados —o uno o lo otro— para meter a un solo negro en la Universidad de Mississippi.

Y después en la revista *Look* salió un artículo en que se reveló que el fiscal general —que entonces era Robert F. Kennedy— había llegado a un arreglo con el gobernador Barnett. Le iban a hacer una pasada al negro. Barnett era el gobernador racista de Mississippi. Kennedy era de esos brillantes progresistas liberales . . . Robert, digo. Y habían hecho un arreglo, según informó la revista *Look* —que forma parte del cuadro, así es que deben saber de qué hablan—. [*Risas y aplausos*] La revista *Look* informó que Robert Kennedy le había dicho a Barnett: "Bueno, como quieres los votos de los blancos del sur, lo que vas a hacer es pararte a la entrada y hacer como si no vas a dejar entrar a Meredith. Y cuando llegue yo, voy a ir con los policías [federales] y a meter a Meredith por la fuerza. Así te quedas con todos los votos de los blancos del sur, y yo me quedo con todos los votos de los negros del norte".[15] [*Risas y aplausos*]

Eso es lo que enfrentamos en ese país. Y se supone que Kennedy es un liberal. Se supone que es amigo del negro. Se supone que es hermano de John F. Kennedy . . . todos ellos de la misma familia. Saben, como fiscal general, no podía ir con un arreglo como ese a menos que tuviera el permiso de su hermano mayor, del que era su hermano mayor en ese entonces.

Así es que sólo andan con simbolismos. Y este simbolismo que nos dan sólo beneficia a unos pocos. Unos pocos negros cuidadosamente seleccionados se benefician; unos pocos negros seleccionados consiguen buenos trabajos; unos pocos negros seleccionados consiguen buenas casas o van a una escuela decente. Y luego usan a estos negros seleccionados, los pasan en la televisión, los amplían, y dan la impresión de que como ellos hay muchos, cuando en realidad son sólo uno o dos. [*Risas*]

Y estos dos abren la boca y hablan de que el problema se está resolviendo. Y el mundo entero cree que se está resolviendo el problema racial americano, cuando en realidad las masas de los negros siguen viviendo en ghettos y tugurios; siguen siendo víctimas de viviendas de inferior calidad; siguen siendo víctimas de un sistema escolar segregado, lo que les brinda una formación inferior. Siguen siendo víctimas, después de obtener esa formación inferior, cuando sólo logran conseguir los peores trabajos.

Y eso lo hacen con mucha habilidad para mantenernos atrapados. Saben que mientras nos mantengan mal formados, o con una formación inferior, es imposible que compitamos con ellos por las plazas vacantes. Y mientras no podamos competir con ellos y conseguir un trabajo decente, seguiremos atrapados. Tenemos salarios bajos. Tenemos que vivir en un barrio deteriorado, por lo que nuestros hijos asisten a escuelas de inferior calidad. Reciben una formación inferior. Y al crecer, vuelven a caer en el mismo círculo vicioso.

Ese es el estilo americano. Es la democracia americana que pretenden vender a todo el mundo como la que también va a resolver los problemas de otros pueblos. Es la peor hipocresía jamás cometida por gobierno o sociedad alguna de la Tierra, de toda la historia. Y si me equivoco pueden . . . [*Aplausos*]

Fue la revolución africana la que produjo el movimiento de los Musulmanes Negros. Fue el movimiento de los Musulmanes Negros el que dio impulso al movimiento por los derechos civiles. Y fue el movimiento por los derechos civiles el que obligó a los liberales a salir al descubierto, donde hoy quedan expuestos como gente a la que no le preocupan los derechos de la humanidad de piel obscura ni los de cualquier otra forma de humanidad.

Para concluir mi charla, todo esto creó un clima acalorado, un clima acalorado. Y desde 1963 . . . en el 64 alcanzó su cúspide. Al comenzar 1963 en América, todos los políticos hablaban del centenario de la Proclamación de la Emancipación.[16] Iban a festejar por toda América "un siglo de avance en las relaciones raciales". Así se comenzó en enero, febrero y marzo de 1963.

Y luego Martin Luther King fue a Birmingham, Alabama, donde simplemente pretendía que unos cuantos negros pudieran sentarse a comer en el mostrador y tomarse una taza de café integrada. Eso era todo lo que quería. [*Risas y aplausos*] Era lo único que quería. Acabaron metiéndolo en la cárcel. Acabaron metiendo en la cárcel a miles de negros. Y muchos de ustedes vieron en la televisión, en Birmingham, que la policía hacía que esos perros fieros enormes mordieran a los negros. Aplastaban el cráneo a los negros. Hacían disparar cañonazos de agua contra nuestras mujeres, arrancándoles la ropa a nuestras propias mujeres, a nuestros niños.

Y el mundo lo vio. El mundo vio lo que el mundo creía que iba a ser un año en que se festejarían cien años de avance hacia las buenas relaciones raciales entre blancos y negros en Estados Unidos: vieron una muestra de lo más inhumano, de lo más salvaje.

Poco después de eso vino el asesinato de John F. Kennedy, todo por el mismo problema, y el de Medgar Evers, de nuevo por el mismo problema. Y finalizó con el atentado contra una iglesia de Alabama, en el que unas personas que dicen ser cristianas despedazaron a cuatro niñas, cristianas, que asistían a la escuela dominical y le cantaban a Jesús.[17] Y esto sucedió en el año 1963, el año en que, según dijeron en ese país, se conmemorarían cien años de buenas relaciones entre las razas.

Para 1964 . . . 1964 fue el año en que tres activistas por los derechos civiles —que no pretendían más que enseñar a los negros de Mississippi a inscribirse para votar y aprovechar su potencial político— fueron asesinados a sangre fría. No los asesinaron elementos desconocidos. Los asesinó un grupo organizado de criminales conocido como el Ku Klux Klan, encabezado por el sheriff y su ayudante y un clérigo. Un pastor, un hombre de sotana, fue responsable de los asesinatos. Y cuando hablan de lo que hicieron con el cuerpo del negrito que encontraron . . . los asesinaron a los tres, pero cuando encontraron los tres cadáveres dijeron que el cuerpo del negro tenía roto hasta el último hueso, como si esas bestias se habían enloquecido mientras lo mataban a golpes. Eso fue en 1964.

Ya estamos en 1965, y están los mismos de siempre dando de brincos y hablando de la "Gran Sociedad" que ahora emerge.[18] [*Risas*] Mil novecientos sesenta y cinco será el año más largo, más acalorado, más sangriento jamás visto en Estados Unidos. ¿Por qué? No lo digo por propugnar la violencia. [*Risas*] Lo digo tras un análisis cuidadoso de los ingredientes: la dinamita sociológica y política que existe en todas las comunidades negras del país.

África emerge. Está volviendo combativo al negro del hemisferio occidental. Lo hace que cambie de negativa a positiva la imagen que tiene de sí mismo y la confianza que tiene en sí mismo. Se siente un hombre nuevo. Empieza a identificarse con fuerzas nuevas. Mientras que anteriormente creía que su problema era un problema de derechos civiles —lo que lo hacía un problema interno, y lo limitaba a la jurisdicción de Estados Unidos, jurisdicción en que sólo podía buscar la ayuda de los liberales blancos dentro del territorio continental de Estados Unidos— hoy día el hombre negro del hemisferio occidental, sobre todo en Estados Unidos, empieza a ver que su problema no es de derechos civiles sino de derechos humanos. Y que dentro del contexto de derechos humanos pasa a ser un asunto internacional. Deja de ser un problema de los negros, deja de ser un problema americano. Pasa a ser un problema humano, un problema de derechos humanos, un problema de la humanidad, un problema del mundo.

Y al cambiar toda su orientación, yendo de derechos civiles a derechos humanos, lo pone en el escenario internacional, donde ya se hace posible que no tenga que depender sólo de los liberales blancos dentro del territorio continental de Estados Unidos para que lo respalden. Pero lo lleva al escenario mundial, y eso hace posible que todos nuestros hermanos africanos, nuestros hermanos asiáticos, nuestros hermanos latinoamericanos, y esas personas de Europa —algunas de los cuales dicen ser bienintencionadas—, entren en escena también y hagan lo que sea necesario para que se nos garanticen nuestros derechos . . . no en el futuro lejano, sino casi de inmediato.

Así que la diferencia fundamental entre la lucha del hombre negro en el hemisferio occidental hoy día y la del pasado es esta: él tiene un nuevo sentido de identidad; tiene un nuevo sentido de dignidad; tiene un nuevo sentido de urgencia. Y sobre todo, ahora ve que tiene aliados. Ve que los hermanos del continente africano —que han surgido y han logrado estados independientes—, pueden ver que tienen una obligación con el hermano perdido que se extravió y se encuentra hoy en tierra extraña. Tienen una obligación. Tienen tanta obligación con el hermano que se ha ido como con el hermano que aún está en casa.

Y así como se ve que todos los pueblos oprimidos de todo el mundo se van uniendo, los negros de Occidente también están viendo que son oprimidos. En vez de sólo denominarse una minoría oprimida en Estados Unidos, ven que forman parte de las masas oprimidas de todo el mundo que hoy claman por la acción contra el opresor común.

Gracias. [*Aplausos*]

TERCERA PARTE
EN ESTADOS UNIDOS

Vean por sí mismos, escuchen por sí mismos, piensen por sí mismos

Entrevista con el ‘Young Socialist’

The New York Times.

LATE CITY EDITION

3,000 TROOPS PUT DOWN MISSISSIPPI RIOTING AND SEIZE 200 AS NEGRO ATTENDS CLASSES; EX-GEN. WALKER IS HELD FOR INSURRECTION

Home Urges West to Help East's Coexistence Moves

Mississippi Aides Blamed By U.S. Officials for Riot

Arriba: protesta frente a la oficina del FBI en Nueva York, junio de 1965, conmemorando el primer aniversario del asesinato de los activistas pro derechos civiles Michael Schwerner, James Chaney y Andrew Goodman en Mississippi. Los manifestantes exigían protección federal para los activistas pro derechos civiles en Mississippi y que se liberara sin necesidad de fianza a unas 900 personas apresadas por las autoridades del estado. **Recuadro:** primera plana del 2 de octubre de 1962 del *New York Times*. El titular informa del envío de 3 mil soldados federales a Mississippi conforme James Meredith comienza a asistir a la Universidad de Mississippi, el primer negro que lo hacía. Las fotos muestran a la policía apresando a manifestantes negros, y a soldados federales deteniendo al ex-general mayor Edwin Walker por su papel en los ataques racistas en la universidad.

"No anden correteando por ahí, tratando de hacerse amigos de quienes los están privando de sus derechos. Ellos son sus enemigos. Luchen contra ellos y lograrán su libertad".

Vean por sí mismos, escuchen por sí mismos, piensen por sí mismos

Una discusión con jóvenes luchadores pro derechos civiles de Mississippi, 1 de enero de 1965

La siguiente charla fue ofrecida en la sede de la Organización de la Unidad Afro-Americana en el Hotel Theresa en Harlem a 37 jóvenes en edad de secundaria de McComb, Mississippi, que habían estado involucrados allí en las batallas por los derechos civiles. Habían llegado a Nueva York como parte de un viaje de estudios de ocho días patrocinado por el Comité Coordinador No Violento de Estudiantes (SNCC). Fue en McComb donde el SNCC había comenzado su proyecto de inscripción de votantes y donde en 1961 organizó la primera sentada de Mississippi para eliminar la segregación de las instalaciones públicas. Durante los esfuerzos de inscripción de votantes de 1964, los racistas dinamitaron o quemaron más de 15 iglesias, casas y negocios en McComb.

Me contactaron —creo que estábamos en Naciones Unidas y conocí a la señora Walker—, hace unas dos o tres semanas, y ella dijo que un grupo de estudiantes iba a venir de McComb, Mississippi, y quería saber si me podría reunir y hablar con ustedes. Le dije con franqueza que sería el honor más grande que jamás había de tener en mi vida. Número uno, porque nunca he estado en el estado de Mississippi —y no creo que sea culpa mía—, pero he tenido un enorme deseo de ir allá o de conocer a alguien de ese lugar.

Para no quitarles mucho tiempo, quisiera referirme a un pequeño incidente en el que estuve envuelto hace poco, que les dará una idea de por qué voy a decir lo que voy a decir.

Iba volando en un avión de Argel a Ginebra hace unas cuatro semanas con otros dos americanos. Ambos blancos, un hombre y una mujer. Y después que habíamos volado juntos como por 40 minutos, la dama se volteó y me preguntó —había visto mi maletín y vio las iniciales M y X— y dijo, "Quisiera preguntarle, ¿qué tipo de apellido puede tener usted que empiece con X?"

Entonces le dije, "Ese es: X".

Se quedó callada por un momento. Estuvo callada como por 10 minutos. Hasta ese momento no había estado callada para nada. Y entonces finalmente se volteó y dijo: "¿Bueno, cuál es su nombre de pila?"

Yo dije, "Malcolm".

Se quedó callada otros 10 minutos. Entonces se volteó y dijo: "Bueno, ¿pero usted no es *Malcolm X?*" [*Risas*]

Pero la razón por la que ella hizo esa pregunta fue porque en base a lo que había recibido de la prensa y las cosas que había escuchado y leído, esperaba ver algo diferente, o a alguien diferente.

La razón por la que tomo tiempo para contarles esto, es porque creo que una de las primeras cosas que ustedes los jóvenes, especialmente ahora, deben aprender a hacer es ver por sí mismos, escuchar por sí mismos y pensar por sí mismos. Entonces pueden llegar a una decisión inteligente por sí mismos. Pero si se forman el hábito de dejarse llevar por lo que escuchan decir de alguien a otros, o dejarse llevar por lo que otros piensan de alguien, en vez de ir e indagarlo por sí mismos y cerciorarse por sí mismos, van a estar andando hacia el oeste cuando crean que están yendo hacia el este, y andando hacia el este cuando crean que están yendo hacia el oeste. Entonces esta generación, especialmente la de nuestro pueblo, carga con un gran peso, más que en cualquier otro momento de la historia. Lo más importante que podemos aprender a hacer hoy día es pensar por cuenta propia.

Es bueno mantener los oídos bien abiertos y escuchar lo que todos los demás tienen que decir, pero cuando se llega el momento de tomar una decisión se tiene que sopesar todo lo que uno ha oído en base a sus propios méritos, ubicarlo donde le corresponda y llegar entonces a una decisión por cuenta propia. Nunca se van a arrepentir de hacer eso. Sin embargo, si se forman el hábito de aceptar lo que otro dice sobre algo sin corroborarlo ustedes mismos, van a ver que otra gente los hará que odien a sus propios amigos y amen a sus enemigos. Esta es una de las cosas que nuestro pueblo está empezando a aprender ahora: que es muy importante reflexionar sobre cualquier situación por uno mismo. Si no lo hace, entonces siempre lo van a manipular . . . uno nunca va a combatir a sus enemigos, sino que se verá peleándose consigo mismo.

Creo que nuestro pueblo en este país es el mejor ejemplo de eso. Porque muchos de nosotros queremos ser no violentos. Nosotros hablamos muy fuerte, saben, de ser no violentos. Aquí en Harlem donde quizás hay más negros concentrados en un solo lugar que en cualquier otra parte del mundo, algunos al hablar también usan ese discurso no violento. Y cuando dejan de hablar de lo no violentos que son, nos damos cuenta que no son no violentos entre sí. En el Hospital de Harlem, uno puede ir allá un viernes en la noche —¿hoy es qué, viernes?, sí— uno puede ir allá al Hospital de Harlem, un hospital donde hay más pacientes negros que en cualquier otro hospital del mundo —porque aquí hay una concentración de nuestro pueblo— y encontrar negros que se reclaman no violentos. Sin embargo, uno los ve llegar ahí todos acuchillados, baleados, vueltos nada, porque se pusieron violentos entre sí.

Entonces la experiencia que tengo es que en muchos casos donde uno se encuentra con negros que siempre están hablando de ser no violentos, no son no violentos entre sí, y no se aman ni son pacientes ni se perdonan unos a otros. Por lo general cuando dicen que son no violentos, lo que quieren decir es que son no violentos con otra gente. Creo que ustedes entienden lo que quiero decir. Son no violentos con el enemigo. Un tipo puede llegar a tu casa, y si es blanco y te quiere descargar cierta cantidad de brutalidad, entonces eres no violento. O puede venir y ponerte una soga al cuello y eres no violento. O puede venir a sacar a tu propio padre y ponerle una soga al cuello y eres no violento. Pero con sólo que otro negro se haga el fuerte, entonces te peleas con él al instante. Lo que demuestra que allí hay una inconsecuencia.

Entonces, yo mismo estaría de acuerdo con la no violencia si fuera algo consecuente, si fuera inteligente, si todo el mundo fuera no violento y si nos comportáramos de una manera no violenta en todo momento. Yo diría: muy bien, vamos a darle juntos, todos vamos a ser no violentos. Sin embargo, no estoy de acuerdo —y sólo les estoy diciendo cómo pienso— no estoy de acuerdo con ningún tipo de no violencia a no ser que todo el mundo vaya a ser no violento. Si logran que el Ku Klux Klan sea no violento, entonces seré no violento. Si logran que el Consejo de Ciudadanos Blancos sea no violento, entonces seré no violento.[19] Pero mientras haya alguien que no quiere ser no violento, no quiero que nadie venga a darme este cuento de la no violencia. No creo que sea justo decirle a nuestro pueblo que sea no violento, a menos que haya alguien allá haciendo que el Klan y el Consejo de Ciudadanos y todos esos otros grupos también sean no violentos.

Ahora bien, no estoy criticando a nadie acá que sea no violento. Creo que todo el mundo debe hacerlo de la manera que mejor le parezca y felicito a todo el que pueda ser no violento frente al tipo de acciones sobre las que leo de esa parte del mundo. Sin embargo, no creo que en 1965 ustedes vayan a ver que la próxima generación de nuestro pueblo —especialmente aquellos que han estado pensando las cosas—, esté de acuerdo con cualquier forma de no violencia a no ser que la no violencia se vaya a practicar de forma universal.

Si los dirigentes del movimiento no violento pueden ir a la comunidad blanca y predicar la no violencia, bien. No me opongo a eso. Sin embargo, mientras los veamos predicando la no violencia sólo en la comunidad negra, eso sí que no lo podemos aceptar. Creemos en la igualdad, e igualdad quiere decir que uno tiene que hacer aquí lo mismo que hace allá. Y si sólo son los negros quienes van a ser no violentos, entonces eso no es justo. Estaríamos bajando la guardia. En realidad, nos estaríamos desarmando a nosotros mismos y tornándonos indefensos.

Ahora, para tratar de darles un mejor entendimiento de nuestra propia posición, creo que ustedes tienen que saber algo sobre el movimiento de los Musulmanes Negros, que se supone que es un movimiento religioso en este país, que era extremadamente combativo, verbalmente combativo o combativamente verbal. Se suponía que el movimiento de los Musulmanes Negros era un grupo religioso. Y ya que estaba supuesto a ser un grupo religioso, nunca participaba en asuntos cívicos, o eso es lo que decía. Y al no involucrarse en asuntos cívicos, lo que hizo, por el hecho de ser combativo fue atraer a los negros o a los afro-americanos más combativos en este país, algo que realmente hizo. El movimiento de Musulmanes Negros atrajo a las personas negras más inconformes, impacientes y combativas de este país.

Sin embargo, cuando los atrajo, el movimiento en sí, por el hecho de no involucrarse nunca en la verdadera lucha que está afrontando el pueblo negro en este país, en cierto sentido fue manipulado hasta llevarlo a una suerte de vacío político y cívico. Era combativo, se expresaba verbalmente, pero nunca participaba en la propia lucha.

Y aunque pretendía ser un grupo religioso, la gente de aquella parte del mundo cuya religión había adoptado no lo reconocía ni aceptaba como un grupo religioso. Así es que también se hallaba en un vacío religioso. A nivel religioso se hallaba en un vacío, al reclamarse un grupo religioso y al adoptar una religión que de hecho los rechazaba o que no los aceptaba. Entonces a nivel religioso estaba en un vacío. El gobierno federal trató de clasificarlo como un grupo político para poder manipularlo y llevarlo a una situación donde lo pudiera tildar de sedicioso, para poder aplastarlo porque temían sus características de intransigencia y combatividad. Entonces por esa razón, aunque fue clasificado como un grupo político y nunca participaba en la política, estaba en un vacío político. Entonces el grupo, el movimiento de los Musulmanes Negros en sí, se desarrolló en realidad en una suerte de híbrido, híbrido religioso, híbrido político, una organización tipo híbrido.

Al lograr incorporar a todos estos negros que eran muy combativos y al no tener un programa que les permitiera tomar parte activa en la lucha, creó mucho descontento entre sus miembros. Los polarizó en dos facciones diferentes —una facción combativa que era muy combativa de palabra y otra facción que quería acción, acción combativa y acción intransigente. Finalmente esta inconformidad se tornó en una división, y la división se tornó en una escisión y muchos de los integrantes abandonaron el grupo. Los que se fueron formaron lo que se llamaba Mezquita Musulmana, Inc., que es una organización auténticamente religiosa que está afiliada y es reconocida por todos los jefes religiosos oficiales en el mundo musulmán. Esto se llamó la Mezquita Musulmana, Inc., cuyas oficinas se encuentran aquí.

Sin embargo, este grupo, por ser afro-americanos o ser americanos negros, nos dábamos cuenta que si bien estábamos practicando la religión del islam, todavía había un problema que afrontaba nuestro pueblo en este país, que no tenía nada que ver con la religión y que estaba por encima e iba más allá de la religión. Ese problema, en base a la magnitud del problema y la complejidad del problema, no lo podía atacar una organización religiosa. Entonces aquellos en ese grupo, después de analizar el problema vimos que era necesario, vimos la necesidad de formar otro grupo que no tuviera absolutamente nada que ver con la religión. Y ese grupo es lo que se llama y es lo que se conoce hoy como la Organización de la Unidad Afro-Americana.

La Organización de la Unidad Afro-Americana es un grupo no religioso de personas negras en este país quienes creen que los problemas que enfrenta nuestro pueblo en este país se deben analizar de nuevo y que se debe concebir un nuevo enfoque a fin de llegar a una solución. Estudiando el problema, recordamos que antes de 1939 en este país, todo nuestro pueblo —en el norte, el sur, el este y el oeste, sin importar cuánta educación tenía— estaba segregado. Estábamos segregados en el norte lo mismo que estábamos segregados en el sur. Y aún en este mismo instante hay todavía tanta segregación en el norte como la hay en el sur. Aquí en la Ciudad de Nueva York hay cierta segregación que es peor que la que existe en McComb, Mississippi; pero aquí son sutiles, taimados y falsos, y le hacen pensar a uno que ya la hizo, cuando ni siquiera la ha empezado a hacer.

Antes de 1939 nuestro pueblo estaba en una posición o una condición inferior. La mayoría éramos meseros, mozos, botones y conserjes y camareras y cosas por el estilo. No fue sino hasta que en Alemania Hitler declaró la guerra, y América enfrentó una escasez de mano de obra con relación a sus fábricas y a su ejército: fue sólo a partir de ese momento que al hombre negro en este país se le permitió avanzar un poco. Nunca tuvo que ver con que el Tío Sam se viera iluminado en lo moral o que se concientizara en lo moral. El Tío Sam sólo dejó que el hombre negro avanzara hasta que él mismo se vio acorralado.

En Michigan, donde me crié por aquel entonces, recuerdo que en la ciudad los mejores trabajos para los negros eran los de mesero en un club campestre. Y en aquellos días si uno tenía un trabajo de mesero en un club privado, la tenía hecha. O si uno tenía un trabajo en el Senado Estatal. Tener un trabajo en el Senado Estatal no quería decir que uno era un oficinista ni nada por el estilo: uno tenía la butaca del limpiabotas en el Senado Estatal. El hecho de estar ahí donde uno podía estar entre todos esos grandes políticos, lo hacía a uno un pez gordo negro. Uno lustraba zapatos, pero era un pez gordo negro porque estaba entre peces gordos blancos y podía hablarles y codearse con ellos. Y en aquellos días era común que a uno lo escogieran para ser la voz de la comunidad negra.

También en esa misma época, para 1939, 40, 41, no estaban reclutando negros para el ejército o la armada. Un negro no podía ingresar a la armada en 1940 ó 41 en este país. No podía ingresar. No dejaban entrar a un hombre negro a la armada. Lo tomaban si lo querían y lo hacían cocinero. Pero él no podía simplemente ir . . . no creo que simplemente podía ir y meterse al ejército. No lo estaban reclutando al principio de la guerra.

Esto es lo que ellos pensaban de mí y de ustedes en aquellos días. Para empezar, no nos tenían confianza. Tenían miedo de que si nos ponían en el ejército y nos instruían en cómo usar rifles y otras cosas, que quizás nosotros dispararíamos contra objetivos que ellos no habían escogido. Y es lo que habríamos hecho. Cualquier hombre que piense, sabe a qué objetivo dispararle. Y si un hombre no lo hace, si otra persona tiene que escogerle su objetivo, entonces no es un hombre que piensa por sí mismo: otros piensan por él.

Sólo fue cuando los dirigentes negros —por aquella época tenían el mismo tipo de dirigentes negros de los que tenemos hoy—, cuando los dirigentes negros vieron a todos esos muchachos blancos a los que estaban reclutando y enviando al ejército, que morían en el campo de batalla y que no había negros que murieran porque a ellos no los estaban reclutando, los dirigentes negros vinieron y dijeron: "Nosotros también tenemos que morir. Queremos que nos recluten también, y exigimos que nos lleven allá y que también nos dejen morir por nuestro país". Eso es lo que los dirigentes negros dijeron, allá en 1940, lo recuerdo. A. Philip Randolph fue uno de los principales negros en aquellos días que dijeron eso, y él es uno de los Seis Grandes ahora; y es por eso que es uno de los Seis Grandes ahora.[20]

Entonces empezaron a reclutar soldados negros y empezaron a dejar que los negros ingresaran a la armada, pero sólo hasta que Hitler y Tojo[21] y las potencias extranjeras fueron lo suficientemente fuertes como para ejercer presión sobre este país, de manera que estaba entre la espada y la pared y nos necesitaba. Al mismo tiempo, nos dejaron trabajar en las fábricas. Hasta ese momento no podíamos trabajar en las fábricas. Estoy hablando tanto del norte como del sur. Y cuando nos dejaron trabajar en las fábricas nosotros empezamos a . . . al principio cuando nos dejaron entrar sólo podíamos ser conserjes. Después, al pasar más o menos un año, nos dejaron trabajar en los tornos. Pasamos a ser torneros, adquirimos un poco de capacitación. Y a medida que adquirimos un poco más de capacitación, ganamos un poco más de dinero, lo que nos permitió vivir en un barrio un poco mejor. Cuando vivimos en un barrio un poco mejor, fuimos a una escuela un poco mejor, recibimos una educación un poco mejor y entonces podíamos salir y conseguir un trabajo un poco mejor. Entonces el ciclo se rompió un poco.

Sin embargo, el que ese ciclo se rompiera no se debió a ningún sentido de responsabilidad moral por parte del gobierno. No, la única vez que el ciclo se rompió hasta cierto punto, fue cuando la presión internacional se hizo sentir sobre el gobierno de Estados Unidos y ellos se vieron obligados a ver a los negros: pero ni siquiera entonces nos vieron como seres humanos, simplemente nos metieron en su sistema y nos dejaron avanzar un poco más porque eso servía a sus intereses. Sin embargo, nunca nos dejaron avanzar un poco más porque estuvieran interesados en nuestros intereses o interesados en nosotros como seres humanos. Cualquiera de ustedes que tenga conocimiento de historia, sociología, ciencias políticas o del desarrollo económico de este país y de sus relaciones raciales, todo lo que tiene que hacer es ir e investigar un poco al respecto y tendrá que aceptar que es verdad.

Fue durante la época que Hitler y Tojo lograron hacerle la guerra a este país y ejercerles presión que los negros en este país avanzamos un poquito. Al final de la guerra con Alemania y Japón, entonces José Stalin y la Rusia comunista eran la amenaza. Y fue durante ese periodo que logramos un poquito más de avances.

Ahora, lo que estoy planteando es esto: jamás en ningún momento en la historia de nuestro pueblo en este país, hemos obtenido logros o avances, o hemos progresado de la manera que sea, en base a la buena voluntad interna de este país o en base a la actividad interna de este país. En este país avanzamos únicamente cuando este país estaba bajo presión de fuerzas que estaban por encima y más allá de su control. Porque la conciencia moral interna de este país está en bancarrota. Dejó de existir desde que nos trajeron por primera vez acá e hicieron de nosotros esclavos. Engalanan las pruebas y hacen creer que se toman a pecho nuestros mejores intereses. Sin embargo, cuando uno lo estudia, cada vez, no importa cuántos pasos nos hacen dar hacia adelante, es como si estuviéramos sobre —¿cómo se llama eso?— una rueda de andar. La rueda de andar está dando vueltas hacia atrás más rápido de lo que nosotros podemos avanzar en esa dirección. Ni siquiera estamos en el mismo puesto: estamos caminando hacia delante pero al mismo tiempo estamos yendo hacia atrás.

Digo esto porque la Organización de la Unidad Afro-Americana, al estudiar el proceso del llamado progreso de los últimos 20 años, se dio cuenta que en la única situación en que al hombre negro en este país se le da algún tipo de reconocimiento o se le favorece de forma alguna, o que al menos se escucha su voz, es cuando América tiene miedo de la presión exterior o cuando le preocupa su imagen en el exterior. Pudimos ver que en tanto nos quedáramos sentados y lleváramos a cabo nuestra lucha a un nivel o de forma que sólo involucrara la buena voluntad de las fuerzas internas de este país, seguiríamos yendo hacia atrás y no habría ningún cambio verdaderamente significativo. Entonces la Organización de la Unidad Afro-Americana vio que era necesario expandir la problemática y la lucha del hombre negro en este país hasta que fuera por encima y más allá de la jurisdicción de Estados Unidos.

Durante los últimos 15 años la lucha del hombre negro en este país fue calificada como una lucha de derechos civiles y como tal permaneció completamente dentro de la jurisdicción de Estados Unidos. Ustedes y yo no podíamos recibir beneficios de ningún tipo, salvo los que venían de Washington, D.C. Lo que significaba que si Washington, D.C., iba a concederlo, quería decir que todos los congresistas y senadores tendrían que estar de acuerdo.

Sin embargo, los congresistas más poderosos y los senadores más poderosos eran del sur. Y eran del sur porque tenían antigüedad en Washington. Y tenían antigüedad porque nuestro pueblo en el sur, de donde venían ellos, no podía votar. No tenía el derecho a votar.

Entonces cuando vimos que a nivel interno íbamos a enfrentar una batalla sin esperanzas, vimos la necesidad de conseguir aliados a nivel mundial o del exterior, de todo el mundo. Y entonces de inmediato nos dimos cuenta que en tanto la lucha fuera una lucha de derechos civiles, se encontraría bajo la jurisdicción de Estados Unidos, y no tendríamos verdaderos aliados ni un verdadero apoyo. Nos dimos cuenta que la única forma de elevar el problema al nivel donde pudiéramos conseguir apoyo mundial era sacándolo de la categoría de derechos civiles y poniéndolo en la categoría de derechos humanos.

No es por casualidad que la lucha del hombre negro en este país durante los últimos 10 ó 15 años se ha llamado una lucha por los derechos civiles. Porque mientras uno esté luchando por derechos civiles, lo que uno hace es pedir a estos segregacionistas racistas quienes controlan Washington, D.C. —y controlan Washington, DC., controlan el gobierno federal a través de estos comités— mientras esta sea una lucha de derechos civiles, uno lo hace a un nivel donde su supuesto benefactor es en realidad alguien de la peor parte del país. Uno sólo puede avanzar en la medida en que ellos se lo permitan.

Sin embargo, cuando uno se involucra en una lucha por derechos humanos, eso queda completamente fuera de la jurisdicción del gobierno de Estados Unidos. Uno lo lleva a Naciones Unidas. Y Estados Unidos no tiene nada que decir respecto de cualquier problema que se lleva a Naciones Unidas. Porque en Naciones Unidas sólo tiene un voto y en Naciones Unidas el bloque más grande de votos es africano; el continente de África tiene el bloque más grande de votos de cualquier continente en la Tierra. Y el continente de África, combinado con el bloque asiático y el bloque árabe componen más de las dos terceras partes de las fuerzas de Naciones Unidas y estas son las naciones oscuras. Este es el único tribunal al que uno puede acudir hoy y conseguir que su propia gente, gente que se parece a uno, se ponga de su parte: Naciones Unidas.

Esto se podría haber hecho hace 15 años. Se podría haber

hecho hace 19 años. Pero nos engañaron. Tomaron a nuestros dirigentes y usaron a nuestros dirigentes para que nos llevaran de vuelta a los tribunales, sabiendo que eran ellos quienes controlaban los tribunales. Entonces parecía que los líderes nos dirigían contra el enemigo, pero cuando uno analiza la lucha en la que hemos estado envueltos durante los últimos 15 años, lo bueno o el progreso que hemos logrado es de veras vergonzoso. Debería darnos vergüenza de siquiera usar la palabra "progreso" en el contexto de nuestra lucha.

Entonces ha habido una maniobra —y concluiré en un momento— ha habido una maniobra para mantener al negro en este país pensando que venía progresando en el campo de los derechos civiles, sólo con el propósito de distraerlo y no dejarle saber que si se familiarizara con la estructura de Naciones Unidas y la política de Naciones Unidas, el objetivo y el propósito de Naciones Unidas, podría elevar su problema hasta ese organismo mundial. Y entonces tendría el garrote más poderoso en el mundo que podría usar contra los racistas en Mississippi.

Sin embargo, uno de los argumentos que se ha planteado para que ustedes y yo no hagamos esto, ha sido siempre el de que nuestro problema es un problema interno de Estados Unidos. Y, como tal, que no se nos vaya a ocurrir elevarlo a un nivel donde alguien más pueda venir e inmiscuirse en los asuntos internos de Estados Unidos. Pero entonces uno está siendo considerado con el Tío Sam. El Tío Sam tiene metidas las manos en el Congo, en Cuba, en Sudamérica, en Saigón. El Tío Sam tiene metidas sus sangrientas manos en todos los continentes y en los asuntos de todo el mundo en esta Tierra. Sin embargo, al mismo tiempo, cuando de tomar acción decisiva en este país se trata en lo que respecta a nuestros derechos, él siempre nos va a decir a ustedes y a mí: "Bueno, estos son derechos estatales". O se va a inventar un pretexto ridículo que no es un pretexto genuino: no porque sea un pretexto, sino porque sirve para justificar su inactividad cuando se trata de los derechos de ustedes y los míos.

Tuvimos éxito cuando nos dimos cuenta que teníamos que llevar esto ante Naciones Unidas. Sabíamos que teníamos que conseguir apoyo, teníamos que obtener el apoyo del mundo, y que la parte del mundo donde era más lógico buscar apoyo era entre las personas que se ven justo como ustedes y como yo.

Tuve la suerte de hacer un gira del continente africano durante el verano, del Medio Oriente y África. Fui a Egipto, luego a Arabia, Kuwait, Líbano, y después a Sudán, Etiopía, Kenya, Tanganyika, Zanzíbar, Nigeria, Ghana, Guinea, Liberia y Argelia. Mientras viajaba por el continente africano vi —y es algo que había detectado en mayo— que alguien muy hábilmente ha sembrado la cizaña en ese continente para hacer que los africanos no muestren un interés genuino en nuestro problema, de la misma manera que plantan semillas en sus mentes y en la mía para que no nos preocupemos del problema africano. Ellos tratan de hacer que ustedes y yo pensemos que somos cosas aparte y que los dos problemas están separados.

Cuando volví esta vez y viajé a todos esos distintos países, tuve la suerte de poder compartir una hora y media con Nasser en Egipto, que es un país del norte de África; y tres horas con el presidente Nyerere en Tanganyika que se ha convertido ahora en Tanzania, que es un país de África oriental; y con el primer ministro Obote, Milton Obote en Uganda que también es un país de África oriental; y con Jomo Kenyatta en Kenya que es otro país de África oriental; y con el presidente Azikiwe en Nigeria, el presidente Nkrumah en Ghana y el presidente Sékou Touré en Guinea.

Me di cuenta que en cada uno de estos países africanos, el jefe de estado estaba genuinamente preocupado con el problema del hombre negro en este país, pero muchos de ellos pensaban que si abrían la boca y expresaban su inquietud, los dirigentes negros americanos los insultarían. Porque un jefe de estado en Asia expresó su apoyo a la lucha de los derechos civiles y dos de los Seis Grandes tuvieron la osadía de darle una bofetada y decir que no estaban interesados en ese tipo de ayuda, lo cual en mi opinión es una estupidez.[22] Entonces de lo único que había que convencer a los dirigentes africanos era de que si ellos a nivel gubernamental asumían una posición abierta y mostraban interés en el problema del pueblo negro en este país, que no se les rechazaría.

Y hoy día van a ver que en Naciones Unidas —y no es accidente— cada vez que la cuestión del Congo o cualquier cosa del continente africano se debate en el Consejo de Seguridad, lo asocian con lo que está sucediendo en . . . con lo que nos está ocurriendo a ustedes y a mí en Mississippi y en Alabama y en todos estos lugares. En mi opinión, el mayor logro alcanzado en la lucha del hombre negro en América en 1964, que puede conducir hacia cierto avance real, fue vincular exitosamente nuestro problema con el problema africano, haber hecho de nuestro problema un problema mundial. Porque ahora, cada vez que algo les suceda a ustedes en Mississippi, ya no sólo se va a indignar alguien en Alabama ni sólo se va a indignar alguien en Nueva York. Cuando hoy suceda en Mississippi lo que sea, las naciones africanas, al nivel gubernamental, tendrán la vista puesta en Mississippi. Entonces las mismas repercusiones que se ven por todo el mundo cuando una potencia imperialista o extranjera interfiere en alguna parte de África . . . uno ve repercusiones, uno ve embajadas que están siendo dinamitadas y quemadas y derribadas. Hoy por hoy cuando algo le suceda a la población negra en Mississippi, uno va a ver las mismas repercusiones en todo el mundo.

Quería señalarles esto porque es importante que sepan que cuando están en Mississippi no están solos. No obstante, mientras uno cree que está solo, adopta una posición como si uno fuera una minoría o como si ellos tuvieran la ventaja numérica, y esa actitud jamás le va a permitir a uno ganar una batalla. Uno tiene que saber que tiene tanta fuerza a su lado como el Ku Klux Klan tiene al lado suyo. Y cuando uno sepa que tiene tanta fuerza de su lado como el Klan del lado suyo, entonces va a hablar con el Klan en el mismo lenguaje que el Klan habla con uno.

Voy a tocar un punto más y después voy a concluir.

Cuando digo el mismo tipo de lenguaje, debo explicar lo que quiero decir. Vean, uno jamás puede tener buenas relaciones con alguien con quien uno no se puede comunicar. Uno no puede tener jamás buenas relaciones con alguien que no lo entiende a uno. Tiene que haber un entendimiento. El entendimiento se logra mediante el diálogo. El diálogo es la comunicación de ideas. Esto sólo se puede hacer en un lenguaje común. Uno no puede hablar nunca en francés a alguien que sólo habla alemán y pensar que se está comunicando. Ninguno de los dos se va a entender. Uno tiene que hablar el lenguaje de un hombre para poder hacerle entender.

Ahora, ustedes han vivido en Mississippi lo suficiente para saber cuál es el lenguaje del Ku Klux Klan. Ellos sólo conocen un lenguaje. Si a ustedes se les ocurre otro lenguaje, no se van a comunicar. Tienen que poder hablar el mismo lenguaje que ellos hablan, ya sea que estén en Mississippi, en la Ciudad de Nueva York, en Alabama, en California o donde sea. Cuando uno se desarrolla o madura al punto que puede hablar el lenguaje de otro hombre a su nivel, ese hombre entiende. Esa es la única vez que entiende. Uno no puede hablar de paz con una persona que no sabe lo que significa la paz. Y uno no puede hablar de amor con una persona que no sabe lo que significa el amor. Y uno no puede hablar de ninguna forma de no violencia con una persona que no cree en la no violencia. Vaya que así uno está malgastando su tiempo.

Entonces creo que en 1965 —ya sea que a ustedes o a mí o a nosotros nos guste o no, o que a ellos les guste o no— uno va a ver que hay una generación de negros nacidos en este país quienes han madurado hasta tal grado que sienten, que ya no quieren que se les pida perseguir un enfoque pacífico si nadie más lo hace, a no ser que todo mundo vaya a seguir ese mismo enfoque pacífico.

Entonces nosotros en la Organización de la Unidad Afro-Americana, apoyamos la lucha en Mississippi en un mil por ciento. Apoyamos en un mil por ciento los esfuerzos de inscribir a nuestra gente en Mississippi para que vote. Sin embargo, no aceptamos que nadie nos diga que ayudemos de manera no violenta. Creemos que si el gobierno dice que los negros tienen derecho a votar, y cuando los negros salen a votar, alguien tipo Ku Klux Klan va y los tira al río, y el gobierno no hace nada al respecto, entonces es hora de que nos organicemos, nos unamos, nos equipemos y nos capacitemos para poder defendernos nosotros mismos. [*Aplausos*] Y una vez que uno se puede proteger a sí mismo, entonces no tiene que preocuparse de que lo vayan a lastimar. Eso es todo. [*Aplausos*]

Periodo de discusión

Ahora vamos a tener unos cuantos minutos para que hagan preguntas sobre todo lo que se ha dicho y todo lo que no se ha dicho.

Sí, diga señor.

PREGUNTA: ¿Podría decir por favor algo sobre el Partido Demócrata de la Libertad?

MALCOLM X: Sí. Nosotros apoyamos al Partido Demócrata de la Libertad. Estamos emitiendo una declaración de apoyo. Tuvimos un mitin el domingo por la noche . . . no, fue el domingo anterior por la noche, al que invitamos a la señora Hamer. Ella habló y explicó la posición del Partido Demócrata de la Libertad de Mississippi y nosotros la apoyamos.[23] Sabemos que en Washington . . .

Para darles un ejemplo de por qué apoyamos esto, que tiene tanto efecto en la Ciudad de Nueva York como en Mississippi.

Pero por la misma razón, debo señalar que quienes los están privando a ustedes de sus derechos en Mississippi no son todos de Mississippi. Tenemos a estos demócratas de Nueva York que son igual de responsables. El alcalde de esta ciudad es demócrata. El senador, ustedes han oído hablar de él, Robert Kennedy, es demócrata. El presidente del país es demócrata. El vicepresidente es demócrata. Entonces no me digan nada del demócrata de Mississippi que les está privando de sus derechos, cuando el poder del Partido Demócrata está en Washington, D.C., y en la Ciudad de Nueva York y en Chicago, y en algunas de estas ciudades del norte.

Cuando ustedes le pongan presión a esa gente, que andan por allí dándoselas de liberales . . .

En la Ciudad de Nueva York los negros ya pueden votar. Cuando en la Ciudad de Nueva York se informa de la posición del Partido Demócrata de la Libertad de Mississippi, y de por qué fue necesario fundar ese partido, y de lo que el partido está haciendo a fin de desbancar a esos representantes ilegales de Mississippi, los negros de la Ciudad de Nueva York saben de qué se trata. Queremos saber cuál es la posición de [el alcalde Robert] Wagner, ya que es uno de los dirigentes más poderosos y de más influencia del Partido Demócrata en Estados Unidos. Y queremos saber cuál es la posición del senador Robert Kennedy, ya que es también uno de los dirigentes más poderosos y de más influencia del Partido Demócrata en Estados Unidos. Y tenemos a un negro [J. Raymond Jones] quien es el asistente del alcalde de esta ciudad. Queremos saber cuál es su posición. Además, hay que hacer que Lyndon B. Johnson y Hubert Humphrey, quienes fingen que se les cae la baba por los negros, digan cuál es su posición antes del 4 de enero.[24]

Cuando uno logre ese tipo de acción de algunos de los demócratas del norte, entonces va a poder ver cierta acción en

Mississippi. No tiene que preocuparse por ese hombre en Mississippi. El poder del Partido Demócrata está en esta gente aquí que tiene todo el poder en el norte.

Entonces, estamos con ustedes, pero queremos ir hasta el final.

Vean, como musulmán, no mezclo mi religión con la política, porque entran en conflicto. No entran en conflicto, pero cuando uno se involucra en algo como musulmán, y hay un montón de negros que son cristianos, que no son de miras amplias, entonces uno se mete en un argumento religioso y eso no rinde.

Entonces yo no entro en esta lucha como musulmán, de entrar en ella lo hago como un miembro de la Organización de la Unidad Afro-Americana. Y la posición de la Organización de la Unidad Afro-Americana es la de incorporarnos de forma intransigente.

Uno transige cuando uno está equivocado. Uno no tiene que transigir cuando tiene la razón. Es que tiene la razón. A uno no le están dando nada. Eso es suyo. Si uno ha nacido en este país, nadie le está haciendo ningún favor cuando le permiten votar o cuando le permiten que se inscriba. Sencillamente lo están reconociendo como un ser humano y reconociendo el derecho que uno tiene como ser humano para ejercer sus derechos como ciudadano. Así que no le están haciendo ningún favor.

Mientras uno enfoque este asunto como si alguien le ha hecho un favor, o como que si está tratando con un amigo, jamás podrá librar esa lucha. Porque cuando ellos tratan con uno, ellos no lo hacen como si estuvieran tratando con un amigo. A uno lo ven como a un enemigo. Ahora, uno debe verlos a ellos como si fueran sus enemigos. Y una vez que uno sabe con qué está tratando, entonces puede lidiar con esa cosa. Sin embargo, uno no los puede tratar con amor. Es que si hubiera algo de amor con ellos, si hubiera algo de amor en ellos, no habría una lucha en Mississippi. Allí no hay nada de amor. Uno debe reconocer que de amor allí no hay nada, para no andarlo buscando, y poder echar a andar y combatirlos.

Cuando uno va a votar o a inscribirse y alguien se le interpone en el camino, uno debe responderles de la misma manera que ellos responden. Cuando uno les responde así, entonces se establece un pequeño diálogo. Y si ustedes no tienen gente suficiente para hacerlo, nosotros vamos para allá y les ayudamos. Porque ya estamos hartos de cómo le han venido dando largas a nuestro pueblo en este país.

Durante mucho tiempo me acusaron de no involucrarme en política. Tenían que haberse quedado contentos de que no me involucraba en la política, porque cuando me meto en algo, me meto de lleno. Ahora bien, si ellos dicen que no participamos en la lucha de Mississippi, vamos a organizar hermanos aquí, en Nueva York, que saben cómo manejar este tipo de asuntos, y se van a colar en Mississippi como Jesús se coló en Jerusalén. [*Risas y aplausos*]

Esto no significa que estemos en contra de los blancos, pero sí estamos en contra del Ku Klux Klan y de los Consejos de Ciudadanos Blancos. ¡Estamos en contra de todo lo que parezca estar en contra nuestra!

Disculpen que levante la voz, pero esta cosa, saben, me saca de quicio. Hasta esto de tener que discutirlo en un país que se supone que es una democracia. Imagínense que, en un país que se supone que es una democracia, que se supone que está a favor de la libertad y de todas esas cosas que le dicen a uno cuando lo quieren reclutar y meter al ejército y enviarlo a Saigón para que pelee por ellos. Y después uno tiene que regresar y pasarse toda la noche discutiendo cómo va a lograr el derecho a inscribirse y votar sin que lo asesinen. ¡Vaya que esta es la verdad a medias gubernamental más hipócrita jamás inventada desde que el mundo es mundo!

Sí, señora.

PREGUNTA: La pregunta que yo tengo es ¿qué hace la Unidad Afro-Americana?

MALCOLM X: Primeramente, afro-americana significa nosotros.

PREGUNTA: Yo sé lo que significa, solamente quiero saber: ¿Qué hace?

MALCOLM X: ¿Qué quiere decir?

PREGUNTA: ¿Qué tipo de luchas? ¿Qué hace?

MALCOLM X: Bueno, primero, usó como modelo la OUA. La OUA es la Organización de la Unidad Africana. Y la razón por la que usamos su organización como modelo para la nuestra, fue porque en el continente africano ellos tenían problemas similares a los nuestros. Es decir, había muchos países independientes que estaban tan divididos entre sí, que no lograban unirse en un esfuerzo único y resolver ni uno solo de sus problemas. Entonces, algunos de los políticos africanos más maduros lograron trabajar entre bastidores y llegar a acuerdos comunes, de lo cual se materializó la Organización de la Unidad Africana, cuyo objetivo era lograr que todos los dirigentes africanos reconocieran la necesidad de hacer menos hincapié en las áreas de desacuerdo y hacer énfasis en sus áreas de coincidencia, aquellas donde coincidían sus intereses.

Esto condujo a la formación de la Organización de la Unidad Africana y hoy trabajan juntos en unidad y en armonía a pesar de haber diversas filosofías, diversas personalidades. Todas estas diferencias existen; sin embargo, logran unirse bajo un objetivo común.

Entonces, al estudiar sus problemas y percatarnos que sus problemas eran similares a los nuestros, formamos nuestra organización guiándonos por la letra y el espíritu de la OUA, sólo que con la OUAA.[25]

Nuestro primer objetivo, nuestro primer paso, fue encontrar un área de mutuo acuerdo entre afro-americanos. Vimos que se tiene a los nacionalistas, se tiene a los grupos por los derechos civiles, se tiene a toda una diversidad de elementos dentro de la comunidad negra. Algunos desean la separación, otros desean la integración; unos quieren esto, otros quieren lo otro. Entonces, ¿cómo se encuentra algo en lo que todos ellos estén de acuerdo? No vamos a ver que los nacionalistas coincidan en lo de los derechos civiles, porque ellos piensan que es una farsa. No vamos a ver que los nacionalistas coincidan en la integración, porque ellos piensan que es una farsa. Ellos jamás han visto que esto se materialice en ningún lado. Es solamente una palabra, algo para jugar y para patear.

Entonces debíamos encontrar algo en lo que coincidieran tanto nacionalistas como integracionistas. Y vimos que todos ellos estaban de acuerdo en la necesidad de que en este país a nuestro pueblo se le respete y reconozca como seres humanos. Entonces, en vez de lanzar nuestra lucha en el ámbito de los derechos civiles, lo que habría creado muchos conflictos, la lanzamos en el ámbito de los derechos humanos. Y sabemos que quienquiera que esté a favor de los derechos civiles, tiene que estar a favor de los derechos humanos, ya sea uno integracionista o separatista o lo que sea, tiene que estar a favor de los derechos humanos.

Entonces, nuestra primera plataforma planteaba que reconocíamos el derecho del hombre negro en el hemisferio occidental de ejercer su derecho como ser humano. Derechos con los que nació, derechos que ningún gobierno tiene el poder de concederle. Dios lo hace a uno un ser humano y es Dios quien le da a uno sus derechos humanos, no es un gobierno, ni son unos senadores, ni un juez, o algún representante. Y esa es nuestra posición. Somos seres humanos y nuestra lucha consiste en velar por que a cada persona negra —hombre, mujer y niño— de este país se le respete y reconozca como un ser humano.

Nuestro método es: por los medios que sean necesarios. Ese es nuestro lema. No nos restringimos a esto, no nos limitamos a aquello. Nos reservamos el derecho de usar cualquier medio que sea necesario para proteger nuestra humanidad o para hacer que el mundo vea que nos respeten como seres humanos. Por los medios que sean necesarios.

Cuando digo esto, no me estoy refiriendo a nada ilegal. El gobierno . . . a ustedes los están tratando de forma criminal. El criminal es el ilegal. Quien sea responsable de estas condiciones criminales, es un criminal, es ilegal. Y sea lo que sea que ustedes tengan que hacer para detener este crimen que se comete en su contra, por lo que a mí concierne, no están haciendo nada ilegal.

Entonces este es nuestro primer paso en el ámbito internacional. Y en lo político, nosotros concebimos y apoyamos cualquier programa diseñado a darle al hombre negro de este país la oportunidad de participar como ciudadano —ciudadano libre— en este sistema político y en esta sociedad. Vamos a involucrarnos en nuestros propios programas o en programas de otros, siempre y cuando eso no implique ningún tipo de acomodo en su enfoque para lograr que en este país nuestro pueblo consiga el derecho de inscribirse y de votar en la dirección que desee.

PREGUNTA: [*Inaudible*]

MALCOLM X: ¿La inscripción de votantes?

LA MISMA PERSONA: ¿Cómo apoyan la inscripción de votantes?

MALCOLM X: Nosotros tenemos nuestra propia campaña de inscripción de votantes en las áreas donde estamos, además colaboramos con otros grupos de derechos civiles que también tienen campañas de inscripción de votantes.

LA MISMA PERSONA: ¿Postulan candidatos?

MALCOLM X: No. Aún no . . . [*Inaudible*] ¿cómo se dice? Nos lo reservamos, lo mantenemos confidencial. Nunca dejaríamos que sepan cuántos miembros tenemos.

LA MISMA PERSONA: No estoy preguntando eso.

MALCOLM X: Es algo que aprendí. Te estoy iluminando un poco sin que me lo pidas. Esa es una de las cosas que aprendí del movimiento de los Musulmanes Negros que me pareció de las más importantes: jamás hay que dejar que sepan con qué están lidiando: su tamaño, su fuerza, su nada. La razón, según lo entiendo, es que si uno está en la selva o en el bosque y escucha que algo hace crujir los arbustos, uno no sabe qué tipo de arma agarrar, sino hasta que sabe qué es lo que está haciendo ruido. Porque a la mejor saca una escopeta para conejos y se topa con un elefante, puede que saque una escopeta para elefantes y se topa con un conejo, y en cualquier caso hace el ridículo. Nunca es bueno dejar que a la superficie salga demasiado sobre lo que uno es. La parte más importante de un árbol es la raíz, y la raíz siempre se mantiene bajo el suelo. De allí es donde el árbol toma su vida. Y el árbol muere solamente cuando uno expone esas raíces a la luz y se secan.

Así es que nuestra militancia —su naturaleza, su calibre, su contenido y todo eso— nos la reservamos. Sin embargo, van a ver aquí y allá, donde sea que se encuentren negros insatisfechos, si no son nuestros hermanos de sangre, por lo menos son nuestros parientes, tenemos algún parentesco. Si no somos hermanos de sangre, por lo menos somos familiares.

¿Algo más?

PREGUNTA: Obviamente no podemos decir . . .

MALCOLM X: ¿Eres también de Mississippi?

LA MISMA PERSONA: No, no soy.

MALCOLM X: Ya me lo imaginaba. [*Risas*] A ver, pregunta.

LA MISMA PERSONA: Es obvio que no puede decir lo que hacen. Yo sólo quería saber qué clase de . . .

MALCOLM X: No se trata de que no pueda decir lo que hacemos. Les dije que estamos involucrados en nuestros programas para inscribir a nuestra gente, que se inscriban como votantes en esta área y dondequiera que estemos. Y que colaboramos con cualquier otro grupo que esté tratando de inscribir a nuestra gente para que pueda votar. Eso es en esta área política o en el área de la política. ¿Bueno, y qué más te interesa saber ya que no te ves satisfecho?

"Por todo el mundo, son los jóvenes quienes realmente se dedican a la lucha para eliminar la opresión y la explotación".

Arriba: en el Instituto de Tuskegee en Alabama, donde Malcolm X se dirigió a varios miles de estudiantes, 3 de febrero de 1965. **Abajo:** Malcolm X con voluntarios estadounidenses en Tanzania en una escuela secundaria para miembros de organizaciones de liberación de países de África austral allí exiliados, octubre de 1964.

P.H. POLK/CORTESÍA DE ARCHIVOS DE LA UNIVERSIDAD DE TUSKEGEE

MAJA ZIMMERMANN

"Cuando uno vive en una sociedad que no hace cumplir su propia ley porque sucede que el color de la piel de un hombre es el equivocado, entonces yo digo que se justifica que esa gente recurra a los medios que sean necesarios para lograr justicia".

CHARLES MOORE/BLACK STAR

Arriba: jóvenes dan muestra de firmeza ante la policía de Alabama durante la "Batalla de Birmingham", mayo de 1963.

Página opuesta, arriba: Malcolm X participa en Los Ángeles en protesta contra el asesinato de Ronald Stokes —miembro de la Nación del Islam— a manos de la policía, mayo de 1963. **Centro:** en Nueva York tres jóvenes huyen de la policía durante el segundo día de rebelión contra asesinatos por la policía en Harlem, verano de 1964. **Abajo:** más de 400 mil estudiantes en Nueva York boicotean el sistema escolar segregado, 3 de febrero de 1964.

GORDON PARKS

CORBIS/BETTMAN

PRISCILLA MARCH/MILITANT

"No se puede separar la combatividad que se despliega en el continente africano de la combatividad que despliegan aquí mismo los negros americanos".

Arriba: protesta frente a la alcaldía de Johannesburgo, Sudáfrica, 1960, contra las racistas Leyes de Pases, pasaportes internos exigidos a todos quienes no eran blancos. **Página opuesta, arriba:** partidarios dan la bienvenida a Ahmed Ben Bella a su llegada a Argel, 1962. Ben Bella devino presidente del gobierno popular revolucionario en Argelia, establecido después que se derrotara al poder colonialista francés mediante una guerra de siete años. **Centro:** el primer ministro congolés Patricio Lumumba (a la derecha) y dos compañeros, 3 de diciembre de 1960, un día después de su captura. **Abajo:** protesta frente a la ONU en Nueva York contra la intervención de Estados Unidos y Bélgica en el Congo, 4 de diciembre de 1964. El tercero desde la izquierda es Clifton DeBerry, candidato presidencial del Partido Socialista de los Trabajadores ese año, a cuya iniciativa se convocaron ésta y otras acciones similares a nivel nacional.

PRENSA ASOCIADA

ELI FINER/MILITANT

"Los jóvenes están viviendo en una época de revolución, una época en la que tiene que haber cambios".

BOHEMIA

Arriba: Malcolm X y Fidel Castro en el Hotel Theresa en Harlem, durante el viaje de Castro a Nueva York para dirigirse a la Asamblea General de la ONU, septiembre de 1960. **Página opuesta, arriba:** manifestación de jóvenes vietnamitas. En la pancarta se lee: "Los jóvenes de la aldea de Chi Lang se ofrecen voluntarios para la guerra de liberación nacional contra Estados Unidos". En el rótulo de la derecha se lee: "Nada es más valioso que la independencia y la libertad". **Centro:** marcha en San Francisco contra la guerra de Vietnam, 15 de abril de 1967. Los manifestantes llevan una pancarta en que se lee: "Los Viet Cong del FLN jamás nos llamaron *nigger*". **Abajo:** durante la crisis "de los misiles" de octubre de 1962, milicianos cubanos hallan un momento para relajarse y entretener a sus compañeros de combate.

FOTO DE ARCHIVO DEL MILITANT

FLAX HERMES/MILITANT

GRANMA

"Primero hay que despertar al pueblo para que descubra su humanidad, su propia valía. Entonces habrá acción".

Arriba: protesta en Cincinnati, Ohio, 12 de abril de 2001, contra el asesinato de Timothy Thomas, un negro de 19 años de edad, a manos de la policía. **Abajo:** jóvenes palestinos lanzan piedras contra vehículo blindado de las fuerzas de ocupación israelíes, Franja de Gaza, septiembre de 2001.

VAL LIBBY/MILITANT

ADEL HANA/PRENSA ASOCIADA

LA MISMA PERSONA: Bueno, tal vez. Otros . . .

OTRA PERSONA: ¿Cree que . . . ?

MALCOLM X [*a la primera persona*]: No, si no está claro, pregúntame. Digo, si no he clarificado tu pregunta, adelante, escarba un poquito más.

LA PRIMERA PERSONA: No, pienso que la señora del otro grupo de personas . . .

SEGUNDA PERSONA: . . . [*Inaudible*] que pueden votar, y tampoco votan, lo que da la apariencia de . . .

MALCOLM X: Es cierto, lo que demuestra que el desgano por parte de los negros para votar, no siempre se debe a que no tienen derecho a hacerlo. La historia política de nuestro pueblo en este país indica que usualmente en la mayoría de los estados y ciudades hay aparatos políticos. Y, como regla, ellos no eligen negros, para postularlos en las comunidades negras, que sean intelectualmente capaces de lidiar con la política tal cual es, sino títeres que sirven de portavoces para controlar la política de la comunidad. El pueblo negro de Harlem ha sido testigo de esto año tras año y ha visto cómo la política de Harlem y de otras comunidades negras básicamente ha estado controlada desde afuera.

Entonces, no es que estén políticamente aletargados o muertos, si no que se abstienen adrede. Sin embargo, si uno les ofrece un objetivo a seguir, o una razón para votar, entonces se dará cuenta que van a ser tan activos como han sido inactivos.

El objetivo de la OAAU es trabajar con ese elemento de negros inactivos, con quienes han estado inactivos políticamente en esta área. Tenemos la intención de reanimarlos y volverlos activos aquí, de modo que consigamos cierta acción. Porque ellos son los verdaderos activistas. Quienes no han estado involucrados en la política activamente, son los que se envuelven en la acción física. Ellos no han visto nada que se pudo materializar en el pasado mediante la política y es por eso que no recurren a la política. Recurren a lo físico, a los métodos físicos, si entienden de lo que les estoy hablando.

Lo que intentamos hacer es, primero, equiparlos con un entendimiento de la política a fin de saber aprovechar sus energías. Porque no queremos que nadie nos inscriba como votantes si al mismo tiempo no nos educa un poco sobre política. No creemos que un programa de inscripción de votantes en sí sea suficiente. Pero, paralelamente con cualquier programa de inscripción de votantes entre la población negra, debe haber un programa de educación de votantes para iluminar a nuestro pueblo con relación a la ciencia de la política, para que sepa lo que supuestamente produce la política y lo que el político supuestamente debe producir, cuáles son sus responsabilidades. Y de esa manera no seremos explotados.

Sin embargo, si lo único que uno hace es que los negros se inscriban, entonces lo que va a conseguir es más negros cuya energía política la pueden explotar los aparatos políticos de la gran ciudad. No creemos que eso jamás vaya a resolver nuestros problemas. Debe haber una educación de votantes junto a una inscripción de votantes. La mayoría de los políticos negros no quieren esto, porque quienes han sido políticos en realidad no han estado intentando resolver nuestros problemas, en la medida en que ellos han estado recibiendo limosnas del aparato para mantenernos a raya. Cuando el pueblo se da cuenta de eso, el pueblo despierta.

Una de las razones, si pudiera añadir, por la que los negros no han estado involucrados activamente en la política, es que cuando el dirigente negro . . . cuando los negros tratan de conseguir que otros negros se inscriban para votar, por lo general tienen los motivos equivocados, especialmente los políticos. Los jóvenes estudiantes que lo están haciendo hoy día son un tanto diferentes. Sin embargo, el político, cuando trata de hacer que uno se inscriba para votar, no está interesado en iluminarlo a uno para que pueda votar. Quiere que uno se quede en tinieblas pero que se inscriba. Quizás entonces uno vote por él, o vote por su partido, o vote por lo que sea que a él le convenga. A él no le interesa la condición en que uno se encuentre. Y es por eso que en Harlem uno encuentra negros que no se han involucrado.

Pero no piensen que no pueden involucrarse. Uno puede conseguir que muchos negros en Harlem se interesen en política, pero hay que darles algo, algo que puedan ver que se va a materializar. Y pienso que en este campo nuestro pueblo ya está listo.

PREGUNTA: [*Inaudible*]

MALCOLM X: Bueno, no tendría que ser necesariamente un partido en particular el que les permita tener algo a qué aspirar, especialmente por aquí. Se requiere algo más para que la gente en Harlem sienta que tienen algo a qué aspirar.

PREGUNTA: [*Inaudible*]

MALCOLM X: No, no particularmente. Aunque el único poder real en este gobierno es la política . . . y el dinero. Lo único que esa gente reconoce es el poder y el dinero. Poder: eso es lo único que reconocen. Por eso digo que en Mississippi uno puede amar todo lo que quiera. Ellos no reconocen el amor, ellos reconocen el poder. Poder. Uno puede amar, vean cuánto tiempo han venido amando, eso es una prueba. Ustedes los han estado amando como un ciego . . .

PREGUNTA: Eso no es amor . . .

MALCOLM X: Sí, entiendo, pero . . . [*Risas*]

LA MISMA PERSONA: No hay que dejar que el amor . . . [*Inaudible*]

MALCOLM X: Hermano, voy a leer el desglose, vean, en Mississippi . . . en diversos condados ahora, hay más negros que blancos. El número de negros es superior al de blancos. Y vean, la libertad llega sólo de dos maneras. Sólo hay dos maneras en que una persona puede conseguir la libertad: por los votos o por las balas.

PREGUNTA: [*Inaudible*]

MALCOLM X: ¿En Harlem?

LA MISMA PERSONA: Sí.

MALCOLM X: No fue un disturbio. Eso fue un pogrom. ¿Saben lo que es un pogrom? ¿Cómo se dice? Pogrom. Y eso fue un pogrom. Eso no fue ningún disturbio, fue un pogrom. Era la policía descargando brutalidad sobre la gente del área. Fue una celada.

PREGUNTA: Bien, pero según entendí, la policía agredió [*Inaudible*] . . . El disturbio era para protestar la brutalidad policiaca. Lo escuché cuando llegué a Nueva York. ¿Podría preguntarle, qué fue exactamente lo que se logró con este llamado disturbio?

MALCOLM X: No fue un disturbio. En mayo nos llegó el rumor de que en el verano la policía de Nueva York iba a tratar de provocar líos, para así poder entrar y destruir la organización y el crecimiento de los grupos combativos, de los cuales temían que si se les permitía crecer, alcanzarían un tamaño que impediría que jamás los controlaran.

Si uno estudia las características del llamado disturbio, se ve que cada acción por parte de la policía en Harlem estaba diseñada para hacer salir a los grupos que ellos pensaban que estaban equipados y listos para hacer esas cosas. La táctica empleada por la policía estaba diseñada a hacer que se le respondiera con fuego. Disparaban sus armas contra gente que no tenía armas. Sin embargo, disparaban para hacer que alguien peleara, que devolviera sus disparos. La policía sabe que en Harlem hay tantas armas como las que hay hoy día en Saigón. Sin embargo, ninguno de los grupos de Harlem que estaba equipado y calificado para devolver el fuego, se involucró. Ninguno de ellos se involucró.

Pero todo había sido una celada para hacerlos que se involucraran, para así aplastarlos mientras aún se encontraban en su estado embriónico, el llamado estado embriónico. Como dijiste, eso va más allá de la situación de Mississippi. Sin embargo, todos nuestros problemas parten de lo mismo: el color equivocado.

PREGUNTA: [*Inaudible*]

MALCOLM X: ¿Si es que fue la COFO?[26]

PREGUNTA: Correcto.

MALCOLM X: Cualquier programa que esté diseñado para lograr inscribir a nuestro pueblo es bueno, especialmente en Mississippi. Porque la cantidad de nuestro pueblo en Mississippi es superior . . . hay un porcentaje más alto de nuestro pueblo en el estado de Mississippi que probablemente en cualquier otro estado. Si esas personas tuvieran derecho a votar en Mississippi, cómo se llama . . . [senador James] Eastland no estaría en Washington, D.C. Ninguno de esos senadores y congresistas poderosos que controlan los comités en Washington, D.C., estaría allí.

Entonces, cualquier esfuerzo por parte de cualquier grupo que logre que nuestro pueblo se inscriba en el estado de Mississippi es bueno. Lo único que critico es que envíen gente al frente contra enemigos bien armados y le digan: No luchen. Vaya que eso es una locura. Eso no lo puedo aceptar. No.

Cuando esos tres hermanos fueron asesinados allá, fue una verdadera lata, y ha sido una lata que los grupos por los derechos civiles lo aceptaran tan a la ligera. Casi no se ha hecho nada. A todo el mundo le dicen que sean pacientes, que sean amorosos y que sepan resignarse, cuando todo el mundo está a favor de uno. Si ustedes hubieran causado destrozos en Mississippi, nadie se los habría recriminado. Porque todo el mundo sabe que esa gente es de lo peor que hay en esta Tierra.

Así es que apoyamos esa operación, pero no aceptamos la idea de que se mande gente al frente y decirle que no se proteja. No. ¿Cuando a uno le matan a uno de sus soldados, todos dicen, bueno, se supone que uno debe seguir amando como sea? No, eso no lo puedo aceptar.

Eso es lo que dividió al movimiento de los musulmanes. Es lo que provocó la escisión en el movimiento de los Musulmanes Negros. A varios de nuestros hermanos los hirieron y no se hizo nada al respecto. A los que quisimos hacer algo se nos impidió hacerlo. Entonces nos dividimos.[27]

No, yo no acepto ningún tipo de acción que me ate las manos y luego me ponga en el ring con Sonny Liston o Cassius Clay. [*Risas*] No, no me aten las manos, a menos que vayan a atarles las manos a ellos también. Eso sí es justo.

Uno no ve que el hombre blanco mande a su gente a la guerra a ninguna parte, y que la envíe con las manos atadas. No, y si esos dos no hubieran sido blancos, uno ni siquiera habría sabido lo que paso en Mississippi, porque en Mississippi matan negros todos los días. Desde que hemos estado aquí.

Estaba en África, hermano, mientras sucedía todo esto. Y leí al respecto y sé que eso devastó a los africanos. Los devastó. Es que si en Mississippi ustedes hubieran tirado bombas a diestra y siniestra, habrían tenido el mundo de su parte.

No les estoy diciendo que vayan a tirar bombas. Les estoy diciendo lo que habría pasado. [*Risas*] Si les dijera eso, si alguien empieza a tirar bombas aquí mañana, me inculparían, a mí me echarían la culpa. Ellos jamás reconocerían lo que digo, pero sí me echarían la culpa.

Sólo los de Mississippi. Preguntas. ¿Eres de Mississippi? ¿Tienen más preguntas?

Espero que no crean que estoy tratando de incitarlos. Pero vean, mírense en el espejo. Algunos de ustedes son adolescentes, estudiantes. Ahora, ¿cómo creen que me siento —y yo pertenezco a una generación anterior a la de ustedes— cómo creen que me siento cuando les tengo que decir: "Nosotros, mi generación, nos la pasamos como un pegote en la pared mientras que el mundo entero de verdad luchaba por sus derechos humanos", y a ustedes les ha tocado nacer en una sociedad donde todavía tienen esa lucha por delante. ¿Qué hicimos nosotros, quienes les precedimos? Les voy a decir lo que hicimos: nada. No vayan a cometer nuestro mismo error.

Díganme por qué un hombre negro en esta sociedad debe

esperar por la Corte Suprema y un hombre blanco no tiene que esperar por la Corte Suprema. Sin embargo, los dos son hombres.

Díganme por qué el Congreso y el Senado tienen que hacer a un hombre negro un ser humano, y el mismo Congreso y el mismo Senado no tienen que hacer a un hombre blanco un ser humano, si los dos son hombres.

Díganme por qué uno necesita una proclama presidencial para lograr respeto y reconocimiento, y un hombre blanco no, si los dos somos hombres.

Les voy a decir por qué: ambos no somos hombres.

Un hombre muere y lucha por sus derechos. Si no lo hace, si no está dispuesto a luchar y a morir por sus derechos, entonces no es hombre. Es la única forma de verlo. Y cuando se empieza a ver que uno va a . . . [*Inaudible*] entonces uno obtiene lo que le toca a un hombre.

Sin embargo, mientras uno se quede sentado aquí, esperando por un tribunal encabezado por un juez que es del Ku Klux Klan, o esperando por un Senado controlado por un senador que es del Ku Klux Klan, o un Congreso que está controlado por un congresista del Consejo de Ciudadanos Blancos, o una Casa Blanca en la que el Klan tiene tanta influencia como la que tiene en cualquier otra parte del país, jamás lo van a respetar como ser humano.

Debo decir esto: estuve en África, estuve en Kenya. Hace cinco años uno de los hombres en África que contaba con la peor imagen era Kenyatta. Trataron de hacer que ustedes y yo pensáramos que Kenyatta, Jomo Kenyatta, era un monstruo. Conocí a Kenyatta. Volé de Tanganyika a Zanzíbar y de allí a Kenya con Kenyatta, y todos lo respetan. Ahora lo conocen como el padre de la patria. Lo respeta el hombre blanco y lo respeta el hombre negro. Hace cinco años decían que era un dirigente de los Mau Mau.[28] Y trataron de crearle una imagen de monstruo. Mientras no había conquistado su propia independencia, era un monstruo.

Sin embargo, hoy día Kenyatta es tan respetado, que no es casualidad que cuando los hermanos en Stanleyville tenían a todos esos rehenes en el Congo, y cuando ellos quisieron intentar salvarlos, ¿a quién seleccionaron para que mediara la conferencia que tuvo lugar entre el embajador Atwood y Tom Kanza en Nairobi? A Jomo Kenyatta. El mismo hombre que este gobierno y esta sociedad calificaban como monstruo cinco años atrás, es a quien acuden ahora cuando necesitan de alguien con habilidad de estadista. Hace cinco años su imagen era negativa porque no aceptaba acomodos. Buscaba obtener la libertad de su pueblo por los medios que fueran necesarios. Ahora que su pueblo ha logrado su libertad lo respetan.

Y esta es la única manera de conseguirla. La libertad se logra si uno no se impone restricciones. La libertad se logra haciéndole saber al enemigo que uno hará lo que sea para lograr la libertad. Así la va a lograr. Es la única manera de lograrla. Entonces, cuando asuma esa actitud lo van a llamar "un negro loco" o van a decir que uno es un "*nigger* loco", porque ellos no dicen negro. Ellos dicen "ese nigger está loco". O te calificarán de extremista, o te calificarán de subversivo, o sedicioso, o rojo, o radical. Sin embargo, si te mantienes radical el tiempo suficiente y logras que bastante gente sea como tú, entonces vas a conseguir tu libertad. Entonces, después de que logres tu libertad, van a hablar de lo grande que eres como persona, justo como han hecho con Kenyatta. Así es que si Lumumba hubiera vivido lo suficiente y hubiera consolidado el Congo, hablarían de él como de una gran persona, porque sería libre e independiente.

Así es que no anden correteando por ahí tratando de hacerse amigos de quienes los están privando de sus derechos. Ellos no son sus amigos. No, ellos son sus enemigos. Trátenlos como tales y luchen contra ellos, y lograrán su libertad. Y después que logren su libertad, su enemigo los va a respetar. [*Aplausos*] Los *va* a respetar.

Digo esto sin odio. Yo no siento odio. No siento odio para nada. Pero sí tengo algo de sentido. [*Risas*] Creo que tengo algo de sentido. No voy a tolerar que alguien que me odia me diga que lo ame. No llego a esos extremos. Y ustedes, que son jóvenes, y porque comienzan a pensar, tampoco lo van a hacer. La única forma de que se van a encontrar en tal aprieto es porque alguien los ha puesto allí, alguien a quien no le interesa su bienestar.

[*Comentario inaudible de la audiencia*]

[*Malcolm ríe*] Ah sí. Lo voy a explicar. Sólo me voy a tomar unos cinco minutos más, porque Sharon Jackson me hizo recordar algo que creo es muy importante. Por eso mencionaba al principio, de cuando iba en ese avión, de cómo viajé al lado de este hombre y de esta mujer por una hora, y ellos no tenían la más mínima idea de quién era yo, porque esperaban ver a alguien con cuernos. Por lo general, los blancos piensan que cualquiera que bajo su brutalidad extrema no se comporta con calma y tranquilidad tiene cuernos. Así van creando imágenes. La gente que crea estas imágenes usa imágenes para que odies a sus enemigos y ames a los tuyos. No, odia a sus amigos y ama a sus enemigos. Ellos usan imágenes para hacer eso.

Un lugar donde lo han hecho es en el Congo. El Congo es de donde me dijeron a mí, y a ustedes también, que habíamos venido. Toda mi vida, desde que era niño, decían que habíamos salido de África, y nos hacían creer que salimos del Congo, porque supuestamente esa era la parte más salvaje del África. Así es que probablemente tenemos más parentesco con los hermanos en el Congo que cualquier otra persona. Y cuando los escuchas hablar de caníbales, están hablando de tus primos, de tus hermanos, sabes. Si de veras lo quieres creer. Sin embargo, no hay más canibalismo en el Congo que aquí en el centro, que allá en el Village. Hay unos verdaderos caníbales allá en el Village. [*Risas*] Allí comen de todo, ustedes saben. [*Risas*]

En este país, tratan de crear la imagen de que los del Congo son unos salvajes. Y lo hacen de una manera muy hábil para poder justificar su presencia allí. Ahora bien, cuando estuve en Tanganyika, en Dar es Salam —creo que fue en octubre— unos negros americanos, afro-americanos que viven en Dar es Salam, vinieron y me contaron sobre un congolés que los insultaba. Y yo les pregunte, ¿por qué? . . . [*Se interrumpe la grabación*]

. . . aldea africana. Ahora bien, ustedes saben que una aldea no tiene fuerza aérea. Un aldea no cuenta con defensas contra las bombas que le lanzan. Y el piloto en el avión no puede saber a quién le va a caer la bomba. Simplemente la están lanzando sobre una aldea.

Así es que aquí hay aviones americanos piloteados por lo que llaman "pilotos cubanos anticastristas con instrucción americana". Se ve lo taimados que son. La razón por la que dicen que son "pilotos con instrucción americana" es para que automáticamente uno se ponga de su lado, porque tienen entrenamiento americano. La razón por la que dicen que son "pilotos cubanos anticastristas" es porque Castro ya es un monstruo, y si alguien hace la conexión entre estas personas, ya que ellos son anticastristas, entonces no importa a quién se opongan, eso debe ser bueno. Es lo que llaman un ardid periodístico o sicológico, para la mente de uno.

Así es que ahora hay aviones lanzando bombas contra mujeres negras, niños negros, bebés negros, haciéndolos añicos, allá en el Congo. Lo justifican haciendo que parezca un proyecto humanitario. Y ponen a estos negros importantes en este país a que le hablen a uno y le digan que se justifica que América lo haga. Muéstrenme un negro importante y verán que usualmente ese negro importante es de ellos. Tiene la tarea de hacer que ustedes y yo pensemos que no importa cuántas atrocidades están cometiendo, ellos tienen la razón. Y lo hacen con esos ardides.

¿Cómo se puede justificar lanzar una bomba sobre una aldea, no contra una civilización que cuenta con todos los armamentos de guerra, sino contra una aldea? No se necesita lanzar una bomba sobre una aldea donde ni siquiera cuentan con rifles. Sin embargo, esto le demuestra a uno su total desdén por la vida, cuando esa vida luce una piel negra.

Para mostrarles de nuevo lo inhumanos que son. Toman a Tshombé. Tshombé es un hombre negro, pero es un asesino. Asesinó a ese hombre llamado Patricio Lumumba a sangre fría. Y fue éste el gobierno que se llevó a Tshombé de España.[29] Lo hizo este gobierno, porque conozco gente que les puede decir cómo algunos altos miembros del Departamento de Estado de este país abordaron un avión con cierto dirigente africano y volaron hasta casi llegar a su país, tratando de convencer a este dirigente africano de que usara su influencia sobre otros dirigentes africanos a fin de lograr que Tshombé fuera aceptable para los pueblos del continente africano. Y esto sucedió casi un año antes de que ellos trajeran de regreso a Tshombé, para que vean en qué tipo de complot, en qué tipo de conspiración están involucrados.

Y este Tshombé es un asesino, el asesino de Patricio Lumumba. Lo pusieron en el gobierno en Léopoldville, y entonces usaron los medios de prensa para darle una imagen de aceptabilidad al decir que es el único que puede restaurar la paz en el Congo. Imagínense, es un asesino. Es como decir que Jesse James es el único que puede dirigir el banco. Por lo tanto hay que dejar que Jesse James dirija el banco; pero la única razón por la que el banco tiene problemas es porque Jesse James ya estaba en el banco. [*Risas*]

Sólo para ahondar un poco más. Toman a Tshombé y le dan dinero suficiente para que vaya a Sudáfrica y traiga mercenarios blancos, asesinos a sueldo, para que luchen por él. Un mercenario es alguien que mata por dinero. No mata porque es patriota. No mata porque es leal. Por dinero mata lo que se le ponga en frente, y es en eso que América está gastando los impuestos de ustedes: para apoyar a un asesino negro que emplea asesinos blancos para matar a su propio pueblo. Porque América sabe que si ella se metiera e hiciera lo mismo el mundo no lo aceptaría.

Y entonces, cuando estos asesinos blancos están cometiendo tantas atrocidades contra la población de la provincia Oriental del Congo, los hermanos en la provincia Oriental se ven forzados a comenzar a usar ciertos métodos para evitar que estos mercenarios blancos y estos asesinos blancos a sueldo los exterminen. Así es que matan rehenes. La única razón por la que tenían rehenes era para evitar que los mercenarios americanos les lanzaran bombas. Es lo único que podían hacer. No tenían rehenes porque eran caníbales. Y no comían gente como tratan de decir en los diarios. ¿Por qué se iban a esperar hasta ahora para comer un poco de carne blanca, si los blancos han estado allí por tantos años? Y fueron allá en una época en la que probablemente eran más sabrosos que en tiempos como estos.

Cuando los rehenes estaban cautivos, el gobierno americano —o más bien el gobierno congolés de Stanleyville— envió a Kenya un emisario, Tom Kanza, su ministro del exterior, y él estuvo negociando con Atwood, el embajador americano en Kenya, en una reunión en la que Kenyatta actuó como moderador. Y fue cuando esto ocurría que América lanzó paracaidistas en Stanleyville. En ningún momento los africanos o los congoleses infligieron ningún daño a los rehenes blancos hasta que lanzaron esos paracaidistas. Y creo que fue América la que hirió a más de uno. Si fueran salvajes no hubiera quedado un solo rehén. ¿Cómo vas a caer del cielo y salvar unos rehenes que ya están en mis manos, si tengo unas cuantas ametralladoras? No. Si logras salvar algunos, esto significa que soy humano y que les di un trato humano, porque no los masacré a todos cuando vi venir tu avión.

Así es que ese viejo cuento que se oye por ahí, de que el gobierno quiere que uno crea que su presencia en el Congo es algo humanitario: ¡Es el operativo más criminal jamás realizado por un gobierno supuestamente civilizado que se conoce en la historia!

El responsable allí fue Estados Unidos. Y ya verán que por allá va a sufrir, porque la única forma que posee para mantener a Tshombé en el poder es enviando más soldados blancos. Los soldados negros no luchan por Tshombé. Él necesita tropas blancas. Y hay demasiados soldados negros que luchan contra esos soldados blancos para que puedan ganar, para que los blancos ganen, lo que significa que tendrán que añadir más blancos y añadir y añadir.

Y lo primero que se sabe es que van a terminar en una situación como en la que ahora están empantanados en Vietnam del Sur. Porque todas las naciones africanas combinadas van a luchar allá, en el Congo. Uno no necesita mucha maquinaria de guerra pesada para librar una guerra estos días. Lo único que se necesita es un poco de obscuridad y un poco de utensilios para iluminar. [*Risas*] Eso iguala las cosas.

Tenemos unos tres minutos más. Tres minutos más.

Bueno, quiero agradecer a todos por tomarse el tiempo de venir a Harlem, y especialmente aquí. Espero que hayan logrado un mejor entendimiento de quiénes somos. Se los planteo de la manera más franca que puedo; sin necesidad de interpretaciones. Y quiero que sepan que de ninguna manera estamos tratando de abogar por ningún tipo de acción indiscriminada, carente de inteligencia. Sin embargo, estaremos de acuerdo con ustedes en cualquier tipo de acción inteligente en la que se involucren para proteger las vidas y la propiedad de nuestro pueblo en este país. En cualquier tipo de acción en la que se involucren que esté diseñada a proteger las vidas y la propiedad de nuestro maltratado pueblo en este país, los respaldaremos en un mil por ciento. Y si sienten que no están capacitados, tenemos a varios hermanos que se colarán, como dije antes, y les ayudarán a entrenarse y les van a enseñar a capacitarse para lidiar con esa gente con la que se debe lidiar.

Y antes de que se vayan, déjenme ver uno de esos . . . [*Inaudible*] Quiero leerles esto —es breve— antes de que se vayan. Dice:

"Aplaudimos los esfuerzos de James Farmer y los de otros grupos por los derechos civiles para impedir que se instalen en sus cargos los cinco representantes ilegales de Mississippi cuando el Congreso comience sus sesiones el 4 de enero. Nos complace ver que el Sr. Farmer y sus colegas defensores de los derechos civiles estén tan resueltos a apoyar los desafíos a las elecciones que ha iniciado el Partido Demócrata de la Libertad de Mississippi. Como presidente de la Organización de la Unidad Afro-Americana, quiero declarar de manera enfática que apoyamos todos los esfuerzos intransigentes realizados por todas las personas bienintencionadas para destituir a los representantes ilegales del estado de Mississippi y de cualquier otra área donde a nuestro pueblo se le niega el derecho al voto simplemente porque ha nacido con piel obscura.

"También insistimos en que, dado que más del 97 por ciento de los negros americanos apoyó a Lyndon B. Johnson, a Hubert Humphrey, a Robert Kennedy y al Partido Demócrata en las recientes elecciones, lo que representa el apoyo más abrumador dado por un grupo minoritario a un partido y sus candidatos, reto a Lyndon B. Johnson, a Hubert Humphrey y a Robert Kennedy a que antes del 4 de enero digan exactamente cuál es su posición sobre estos representantes ilegales de Mississippi".

Y ellos *deben* hacer pública su posición.

"Aplaudimos la iniciativa tomada por el representante de Nueva York William Fitts Ryan para impedir que estos congresistas de Mississippi tomen posesión de sus cargos, así como la firme posición que ha tomado de su lado Adam Clayton

Powell.[30] Y ya que el alcalde Wagner va venir a Harlem más adelante este año para buscar el apoyo político de nuestro pueblo para mantener su puesto en la alcaldía, reto a que el alcalde Wagner y su asistente en jefe, J. Jones, también le dejen saber al casi millón y medio de negros en la Ciudad de Nueva York, antes del 4 de enero, cuál es su posición sobre el plan de instalar en sus cargos a representantes ilegales.

"Por lo que a mí respecta, junto con algunos amigos, planeo estar en Washington el 4 de enero como observador. Queremos ser testigos y dar constancia de la posición tomada por los llamados liberales, quienes buscan el apoyo político de nuestro pueblo a la hora de las elecciones, porque planeamos estar activos un ciento por ciento en todas las áreas políticas a partir de 1965". [*Aplausos*]

Así es que les agradezco y espero verlos en Mississippi en enero.[31] Gracias. [*Aplausos*]

El *Young Socialist* de marzo–abril de 1965 que presentó la entrevista con Malcolm X incluyó artículos sobre la lucha por la libertad de expresión que se libraba en la Universidad de California en Berkeley, en torno a los intentos de la administración de impedir que estudiantes solicitaran fondos para apoyar -el movimiento de derechos civiles, y sobre la campaña internacional en defensa de tres miembros de la Alianza de la Juventud Socialista en la Universidad de Indiana, quienes en mayo de 1963 fueron instruidos de cargos, acusándoseles de preconizar el derrocamiento del gobierno de Estados Unidos y del Estado de Indiana.

"Intento llegar a verdaderos revolucionarios dedicados a derrocar, por todos los medios necesarios, el sistema de explotación que existe en este mundo".

Entrevista con el 'Young Socialist'

Hotel Theresa, Harlem, 18 de enero de 1965

Malcolm X concedió la entrevista que sigue a Jack Barnes, presidente nacional de la Alianza de la Juventud Socialista, y Barry Sheppard, miembro de la redacción del Militant. *Sheppard y Barnes eran miembros de la junta editorial de la revista* Young Socialist *(Joven Socialista). En una reunión posterior con Barnes, Malcolm X revisó y aprobó el texto final, que luego se publicó en el número de marzo–abril de la revista.*

YOUNG SOCIALIST: ¿Qué imagen ha proyectado de usted la prensa?

MALCOLM X: Bien, de una forma consciente y hábil, la prensa ha proyectado la imagen de un racista, de un partidario de la supremacía racial y de un extremista.

YOUNG SOCIALIST: ¿Por qué es falsa esa imagen? ¿Cuáles son sus verdaderas posiciones?

MALCOLM X: En primer lugar, no soy racista. Estoy en contra de cualquier forma de racismo y segregación, de cualquier forma de discriminación. Creo en los seres humanos, y creo que a todo ser humano se le debe respetar como tal, sin importar el color de su piel.

YOUNG SOCIALIST: ¿Por qué rompió usted con los Musulmanes Negros?

MALCOLM X: No rompí, hubo una escisión. La escisión se produjo principalmente porque me echaron, y me echaron por tomar una posición intransigente ante problemas que yo creía que se debían resolver y que el movimiento podía resolver.

Yo opinaba que en muchas áreas el movimiento venía arrastrando los pies. No se involucraba en las luchas civiles, cívicas o políticas que afrontaba nuestro pueblo. No hacía más que subrayar la importancia de la reforma moral: no bebas, no fumes, no permitas la fornicación y el adulterio. Cuando descubrí que la propia jerarquía no estaba poniendo en práctica lo que predicaba, vi con claridad que ese aspecto de su programa estaba en bancarrota.[32]

Así pues, la única manera en que podía funcionar y resultar significativo en la comunidad era tomando parte en los aspectos políticos y económicos de la lucha negra. Y la organización no iba a hacerlo porque tendría que haber asumido una actitud demasiado combativa, intransigente y activa, y la jerarquía se había vuelto conservadora. Lo que principalmente la motivaba era proteger sus propios intereses.

Debo señalar también que, aunque los Musulmanes Negros decían ser un grupo religioso, la religión que habían adoptado —el islam— no los reconocía. Por lo tanto, desde el punto de vista de la religión se encontraban en un vacío. Y no participaba en la política, así que no era un grupo político. Cuando se tiene una organización que no es ni política ni religiosa y que no participa en la lucha por los derechos civiles ¿cómo se va a llamar? Existe en un vacío. Entonces, todos estos factores condujeron a mi escisión de la organización.

YOUNG SOCIALIST: ¿Cuáles son los objetivos de su nueva organización?

MALCOLM X: Hay dos organizaciones. Está la Mezquita Musulmana, Inc., que es religiosa. Su finalidad es crear el ambiente y las posibilidades para que la gente que se interesa en el islam lo pueda entender mejor. La meta de la otra organización, la Organización de la Unidad Afro-Americana, es emplear todos los medios que sean necesarios para lograr una sociedad en la que a los 22 millones de afro-americanos se les reconozca y se les respete como seres humanos.

YOUNG SOCIALIST: ¿Cómo define el nacionalismo negro, con el cual se le ha identificado?

MALCOLM X: Solía definir el nacionalismo negro como la idea de que el hombre negro debe manejar la economía de su comunidad, la política de su comunidad, etcétera.

Sin embargo, cuando estuve en África en mayo, en Ghana, hablé con el embajador argelino, quien es extremadamente combativo, un revolucionario en el verdadero sentido de la palabra (sus credenciales como tal las obtuvo al dirigir una revolución victoriosa contra la opresión en su país). Cuando le dije que mi filosofía política, social y económica era el nacionalismo negro, me preguntó con franqueza que eso dónde lo situaba a él. Porque él era blanco. Era africano, pero era argelino, y por su apariencia era un hombre blanco. Y me dijo que si yo definía mi objetivo como la victoria del nacionalismo negro, ¿dónde lo dejaba eso a él? ¿Dónde situaba a los revolucionarios de Marruecos, Egipto, Iraq, Mauritania? Entonces me demostró que yo estaba alienando a quienes eran verdaderos revolucionarios, dedicados a derrocar, por todos los medios necesarios, el sistema de explotación que existe en este mundo.

Eso me dio mucho que pensar y reevaluar sobre mi definición del nacionalismo negro. ¿Podemos decir que el nacionalismo negro comprende la solución de todos los problemas que enfrenta nuestro pueblo? Y si se han percatado, no he venido usando esa expresión desde hace varios meses. Pero todavía me costaría mucho trabajo si tuviera que dar una definición específica de la filosofía global que yo creo que es necesaria para la liberación del pueblo negro en este país.

YOUNG SOCIALIST: ¿Es verdad, como se afirma con frecuencia, que favorece la violencia?

MALCOLM X: No favorezco la violencia. Si pudiéramos obtener el reconocimiento y el respeto para nuestro pueblo por medios pacíficos, tanto mejor. A todo el mundo le gustaría alcanzar sus objetivos pacíficamente. Pero también soy realista. Los únicos en este país a quienes se les pide ser no violentos es a los negros. Jamás he oído de nadie que vaya con los del Ku Klux Klan para enseñarles a ser no violentos, ni con los de la Sociedad John Birch u otros elementos derechistas. Sólo al negro americano se le predica la no violencia. Y no estoy de acuerdo con nadie que quiera enseñarle a nuestro pueblo a ser no violento en tanto no eduquen al mismo tiempo a nuestros enemigos a ser no violentos. Creo que debemos protegernos por todos los medios que sean necesarios cuando los racistas nos atacan.

YOUNG SOCIALIST: ¿Cuál es, en su opinión, la causa del prejuicio racial en Estados Unidos?

MALCOLM X: La ignorancia y la codicia. Y un programa hábilmente diseñado de educación tergiversada, que encaja muy bien con el sistema americano de explotación y opresión.

Si toda la población americana estuviera debidamente educada —con debidamente educada quiero decir, que se le diera un verdadero cuadro de la historia y de los aportes del hombre negro— creo que muchos blancos serían menos racistas en sus sentimientos. Le tendrían mayor respeto al hombre negro como ser humano. Al conocer los aportes que en el pasado ha hecho el hombre negro a la ciencia y a la civilización, los sentimientos de superioridad del hombre blanco serían anulados, al menos parcialmente. Además, el sentimiento de inferioridad que posee el negro sería remplazado por un conocimiento más equilibrado de sí mismo. Se sentiría más como un ser humano. Actuaría más como un ser humano, en una sociedad de seres humanos.

Se requiere educación para eliminar todo eso. Y el simple hecho de que uno tenga colegios y universidades no significa que tenga educación. En el sistema pedagógico americano los colegios y universidades se utilizan diestramente para inculcar una enseñanza tergiversada.

YOUNG SOCIALIST: ¿Cuáles fueron los momentos culminantes de su viaje a África?

MALCOLM X: Visité Egipto, Arabia, Kuwait, Líbano, Sudán, Etiopía, Kenya, Tanganyika, Zanzíbar (ahora Tanzania), Nigeria, Ghana, Liberia, Guinea y Argelia. Durante ese viaje tuve entrevistas con el presidente Nasser de Egipto, el presidente Nyerere de Tanzania, el presidente Jomo Kenyatta (entonces primer ministro) de Kenya, el primer ministro Milton Obote de Uganda, el presidente Azikiwe de Nigeria, el presidente Nkrumah de Ghana y el presidente Sékou Touré de Guinea. Creo que los momentos culminantes fueron las entrevistas con estas personas porque tuve la oportunidad de apreciar su pensamiento. Me impresionaron con su análisis del problema y muchas de sus sugerencias contribuyeron en gran medida a que ampliara mi propia perspectiva.

YOUNG SOCIALIST: ¿Qué influencia tiene África revolucionaria en el pensamiento del pueblo negro en este país?

MALCOLM X: Toda la influencia del mundo. No se puede separar la combatividad que se despliega en el continente africano de la combatividad que despliegan aquí mismo los negros americanos. La imagen positiva que se viene forjando de los africanos va tomando forma también en la mente del negro americano, a raíz de lo cual se forja una imagen más positiva de sí mismo. Después dan pasos más positivos: actúan.

No se puede separar la revolución africana del estado de ánimo del hombre negro en América. Como tampoco se podría separar la colonización de África de la posición servil con la que se contentó el negro americano por tanto tiempo. Ahora que África ganó su independencia por medios revolucionarios, se nota cómo en la comunidad negra arrecia el grito contra la discriminación.

YOUNG SOCIALIST: ¿Cómo percibe el papel de Estados Unidos en el Congo?

MALCOLM X: Como criminal. Probablemente no hay mejor ejemplo de actividad criminal contra un pueblo oprimido que el papel que Estados Unidos ha venido jugando en el Congo, a través de sus lazos con Tshombé y con los mercenarios. No se puede ignorar el hecho de que Tshombé recibe su dinero de Estados Unidos. El dinero que él utiliza para contratar a esos mercenarios —esos asesinos a sueldo importados de Sudáfrica— viene de Estados Unidos. Los pilotos que tripulan esos aviones han sido entrenados por Estados Unidos. Las mismas bombas que destruyen a mujeres y niños vienen de Estados Unidos. Por eso el papel de Estados Unidos en el Congo sólo lo puedo percibir como criminal. Y pienso que tendrá que cosechar los frutos de las semillas que está sembrando en el Congo. Tarde o temprano los vientos que ha sembrado por allá le traerán tormentas.

YOUNG SOCIALIST: ¿Y el papel de Estados Unidos en Vietnam del Sur?

MALCOLM X: La misma cosa. Muestra la verdadera ignorancia de los que controlan la estructura del poder en América. Si Francia, que con todo tipo de armamento pesado y con lo fuertemente atrincherada que estaba en lo que entonces se llamaba Indochina, no pudo quedarse, no veo cómo a alguien que esté en sus cabales se le ocurra que Estados Unidos sí puede irse a meter: es imposible. Eso revela su ignorancia, su ceguera, y su falta de previsión y de retrospección. Su derrota absoluta en Vietnam del Sur es sólo cuestión de tiempo.

YOUNG SOCIALIST: ¿Qué piensa de la iniciativa de los estudiantes blancos y negros que fueron al sur el verano pasado e intentaron inscribir a los negros para votar?

MALCOLM X: El intento fue bueno. Yo diría que la idea de inscribir a los negros en el sur fue buena porque la única fuerza real que tiene un hombre pobre en este país es la de su voto. Sin embargo, no creo que mandarlos allí y recomendarles que sean no violentos haya sido algo inteligente. Aunque estoy de acuerdo con el esfuerzo a favor de la inscripción, creo que se les debería permitir defenderse de los ataques del [Ku Klux] Klan, del Consejo de Ciudadanos Blancos y de otros grupos por todos los medios a su alcance.

YOUNG SOCIALIST: ¿Qué piensa del asesinato de los tres activistas por los derechos civiles y de lo que ha ocurrido con sus asesinos?[33]

MALCOLM X: El hecho demuestra que la sociedad en la que vivimos no es realmente lo que aparenta ser ante el resto del mundo. Fue un asesinato y el gobierno federal se ve impotente porque el caso tiene que ver con negros. Incluso los blancos involucrados, estaban dedicados a ayudar a los negros. Y en esta sociedad, cuando se trata de algo que tiene que ver con ayudar a los negros, el gobierno federal demuestra una incapacidad de actuar. Pero sí puede actuar en Vietnam del Sur, en el Congo, en Berlín[34] y en otros lugares donde no tiene ningún derecho de estar. Sin embargo, en Mississippi no puede actuar.

YOUNG SOCIALIST: En un discurso reciente mencionó su encuentro en África con John Lewis del SNCC.[35] ¿Cree usted que en el sur los dirigentes más jóvenes y más combativos estén ampliando su visión sobre la lucha en general?

MALCOLM X: Seguro. Cuando yo estaba en el movimiento de los Musulmanes Negros hablé en muchos recintos blancos y negros. Me percaté en 1961 y en 1962 que la nueva generación era muy diferente de las anteriores y que muchos estudiantes eran más sinceros en su análisis del problema y en su deseo de encontrarle soluciones. En el extranjero los estudiantes han contribuido al estallido de la revolución; fueron los estudiantes quienes iniciaron la revolución en Sudán, quienes derribaron en Corea a Syngman Rhee y a Menderes en Turquía. Los estudiantes no se ponían a pensar si las probabilidades estaban en su contra, y no los podían comprar.

En América los estudiantes se han destacado por sus redadas de pantaletas, por tragar peces dorados, por contar cuántos se pueden meter en una caseta telefónica, y no por sus ideas políticas revolucionarias o su deseo de transformar las condiciones injustas. Pero algunos estudiantes empiezan a parecerse más a sus hermanos del resto del mundo. Sin embargo, los estudiantes han sido levemente engañados con lo que se conoce como la lucha por los derechos civiles (cuyo objetivo nunca fue resolver el problema). A los estudiantes se les manipuló en el sentido de hacerles creer que el problema ya estaba analizado, y por eso no trataron de analizarlo por su propia cuenta.

En mi opinión, si los estudiantes en este país se olvidaran del análisis que les han ofrecido y conferenciaran y comenzaran a investigar por cuenta propia el problema del racismo, independientemente de los políticos e independientemente de todas las instituciones (que son parte de la estructura de poder), y lo hicieran ellos mismos, descubrirían unas cuantas cosas que los dejarían estupefactos, pero también verían que jamás eliminarán el racismo en su país mientras sigan confiando en que lo hará el gobierno.

El propio gobierno federal es tan racista como el gobierno en Mississippi y es más culpable de perpetuar este sistema racista. Al nivel federal son más astutos y diestros para hacerlo, del mismo modo que el FBI es más astuto que la policía estatal y la policía estatal es más astuta que la policía local.

Igual sucede con los políticos. El político a nivel federal es por lo general más hábil que el político a nivel local, y cuando quiere practicar el racismo, lo hace más diestramente que los que lo practican a nivel local.

YOUNG SOCIALIST: ¿Qué opina del Partido Demócrata?

MALCOLM X: El Partido Demócrata es, junto al Partido Republicano, responsable del racismo que existe en este país. Los principales racistas en este país son demócratas. Goldwater no es el racista principal: es racista, pero no el principal.[36] Los racistas que tienen influencia en Washington, D.C., son demócratas. Si uno indaga, va a ver que cada vez que se sugiere cualquier propuesta de ley para mitigar las injusticias que padece el negro en este país, quienes se oponen son miembros del partido de Lyndon B. Johnson. Los *dixiecrats* son demócratas.[37] Los dixiecrats no son más que una subdivisión del Partido Demócrata; y el mismo hombre que manda a los demócratas manda a los dixiecrats.

YOUNG SOCIALIST: ¿Cuál es la contribución que los jóvenes, en especial los estudiantes a quienes repugna el racismo en esta sociedad, pueden hacer a la lucha del pueblo negro por la libertad?

MALCOLM X: Los blancos que son sinceros no logran nada con unirse a organizaciones negras, convirtiéndolas en organizaciones integradas. Los blancos que son sinceros deben organizarse entre sí y buscar una estrategia para destruir los prejuicios que existen en las comunidades blancas. Aquí es donde pueden funcionar con mayor inteligencia y eficacia, en la misma comunidad blanca, esto es algo que jamás se ha hecho.

YOUNG SOCIALIST: ¿Qué papel desempeña la juventud en la revolución mundial y qué lecciones pueden derivarse para la juventud americana?

MALCOLM X: Si uno analiza a los que caen prisioneros de los soldados americanos en Vietnam del Sur, verá que estos guerrilleros son gente joven. Algunos son niños, ni siquiera llegan a adolescentes. La mayoría son adolescentes. Son los adolescentes en el exterior, en todo el mundo, quienes realmente se dedican a luchar para eliminar la opresión y la explotación. En el Congo, los refugiados señalan que muchos de los revolucionarios congoleses son niños. En realidad, cuando fusilan a revolucionarios presos, fusilan de los siete años de edad para arriba —esa información proviene de la prensa— porque los revolucionarios son niños, son jóvenes. En esos países son los jóvenes quienes más rápidamente se identifican con la lucha y la necesidad de eliminar las condiciones nefastas que existen. Y aquí en este país, esto es algo que he podido observar, cuando uno traba una conversación sobre el racismo, sobre la discriminación y la segregación, se nota que son los jóvenes a quienes más indigna esto, son quienes más ardientemente desean eliminar todo eso.

Creo que los jóvenes de este país pueden encontrar un ejemplo poderoso en los jóvenes *simbas* [leones] del Congo y en los jóvenes luchadores de Vietnam del Sur.

Algo más: el que las naciones de piel oscura se independicen, el que se desarrollen y cobren más fuerza, significa que el tiempo está a favor del negro americano. Hasta hoy el negro americano sigue siendo hospitalario, amistoso y tolerante. Pero si constantemente lo timan y lo engañan, y si no se encuentra solución a sus problemas, quedará completamente desilusionado, decepcionado y se disociará de los intereses de América y su sociedad. Ya muchos lo han hecho.

YOUNG SOCIALIST: ¿Qué piensa de la lucha mundial que se libra hoy entre el capitalismo y el socialismo?

MALCOLM X: Es imposible que el capitalismo sobreviva, principalmente porque el sistema capitalista necesita sangre que chupar. El capitalismo solía ser como un águila, pero ahora es más bien como un buitre. Antes tenía la fuerza suficiente para ir y chuparle la sangre a quien fuera, ya sea que fueran fuertes o no. Pero ahora se ha vuelto más cobarde, como el buitre, y sólo puede chupar la sangre de los indefensos. A medida que las naciones del mundo se liberan, el capitalismo tiene menos víctimas, menos sangre que chupar, y se vuelve cada vez más débil. En mi opinión su colapso definitivo es sólo cuestión de tiempo.

YOUNG SOCIALIST: ¿Cuáles son las perspectivas de la lucha negra en 1965?

MALCOLM X: Son sangrientas. Fueron sangrientas en 1963, fueron sangrientas en 1964, y todas las causas que provocaron ese derramamiento de sangre aún existen. La Marcha en Washington debía servir como válvula de escape para la frustración que produjo este ambiente explosivo.[38] En 1964 usaron la ley de derechos civiles como válvula de escape. ¿A qué podrán recurrir en 1965? No hay estratagema que los políticos puedan emplear para contener el ambiente explosivo que existe aquí mismo en Harlem.

Y miren a Murphy, el jefe de la policía de Nueva York. Aparece con titulares con los que ahora trata de tornar en crimen hasta una simple predicción de que va a haber líos.[39] Esto muestra la talla del pensamiento americano. Se va a producir una explosión pero no hay que hablar del asunto. Existen todos los ingredientes que producen las explosiones pero no hay que hablar de eso, dice. Es como decir que no existen 700 millones de chinos.[40] Es la misma actitud. El americano está tan lleno de remordimientos y de miedo que en vez de encarar la realidad de una situación, hace como si la situación no existe. Ya saben, en este país es casi un crimen decir que hay un lugar que se llama China, a menos que uno se refiera a esa islita llamada Formosa. Por la misma razón, es casi un crimen decir que la gente aquí en Harlem va a explotar porque la dinamita social del año pasado aún sigue aquí.

Entonces creo que 1965 será mucho más explosivo, más que 1964 y 1963. No pueden hacer nada para evitarlo. Los dirigentes negros ya no pueden controlar al pueblo. Por eso, cuando el pueblo empieza a explotar —y su explosión es justificada, no es injustificada— esos dirigentes negros ya no lo pueden contener.

CUARTA PARTE
DESPUES DEL ASESINATO: EN HONOR A MALCOLM X

Dos entrevistas

Dijo la verdad a nuestra generación de revolucionarios

ALICE WINDOM

Malcolm X en el aeropuerto antes de partir de Ghana, 17 de mayo de 1964.

"Robert Penn Warren entrevistó a un hombre llamado Malcolm X en junio de 1964, y yo ayudé a entrevistar a un hombre del mismo nombre en enero de 1965. Lo digo así porque, después de leer el relato de Warren, casi se apoderó de mí la duda de si habíamos entrevistado a la misma persona".

Dos entrevistas

Jack Barnes

El siguiente artículo, que marcó el primer aniversario del asesinato de Malcolm X, apareció originalmente en el número del 21 de febrero de 1966 del Militant.

Robert Penn Warren entrevistó a un hombre llamado Malcolm X en junio de 1964, y yo ayudé a entrevistar a un hombre del mismo nombre en enero de 1965. Lo digo así porque, después de leer el relato de Warren, casi se apoderó de mí la duda de si habíamos entrevistado a la misma persona. Claro está, la diferencia radicaba realmente en los entrevistadores, en sus actitudes y suposiciones.

Warren[41] nació y se crió en el sur y, cuando joven, creía en la segregación. Ha pasado gran parte de su vida en el norte, como escritor y maestro, y ahora se opone a la segregación. Animado por el auge de los negros, quería saber más sobre lo que los negros pensaban. Así es que entrevistó a muchos de ellos para su libro *Who Speaks for the Negro?* (¿Quién habla por los negros?; Random House, 1965).

Su enfoque es el de un liberal. Una de sus preguntas favoritas planteadas a quienes entrevistó era si creían que habría sido una buena idea haber compensado a los esclavistas confederados por los esclavos emancipados; parecía hacer buenas migas con quienes decían que habría sido una buena idea. Evidentemente fue lo suficientemente listo como para omitir esta pregunta con Malcolm, o por lo menos no lo menciona.

Warren va al Hotel Theresa en Harlem para su entrevista con Malcolm. "Me deja entrar un joven negro de aspecto fuerte, vestido de forma impecable . . . está en silencio pero atento, rostro imperturbable, impasible, con una dignidad ominosa". (Al no ser poeta, como Warren, se me dificulta concebir una dignidad que sea "ominosa".) Malcolm le estrecha la mano a Warren, "con el más leve indicio de una sonrisa"; Warren lo explora:

"Al principio, lo más notable de esa cara es una especie de frialdad, una rigidez, como incapaz de expresar sentimiento alguno. Cuando los labios se mueven para hablar, uno experimenta una ligera sorpresa. Cuando —como descubro más tarde— acierta en un punto, y la cara de repente explota en su característica sonrisa amplia, impúdica, despiadada, con poderosos dientes bien alineados que brillan más allá de los palidísimos labios rosados, el efecto es no menos que asombroso. Pero más allá de los lentes de concha, los ojos siempre están vigilantes, café pálidos o color de avellana, con un tono amarillento. Es difícil imaginarlos cerrados durante el sueño".

"Después del apretón de manos, se dirige a su asistente . . . por el momento me puedo retirar, y me paseo por el cuarto, lo inspecciono . . . mientras que él está allí, parado al otro lado del piso casi vacío, mal barrido, discutiendo con su asistente ominoso . . . lo estoy viendo, y él sabe que lo estoy viendo, pero no da ninguna señal". El hecho que Malcolm no dé señal alguna de que sabe que Warren lo está viendo es claramente tan ominoso como lo es ya el "asistente".

"Finalmente", Malcolm llama a Warren al cuartito que usa

como oficina. "Malcolm X me dice que sólo tiene unos cuantos minutos, que ha aprendido que uno desperdicia mucho tiempo con reporteros y después no le dan mucho espacio". Y así comienza la entrevista.

Fue algo distinto cuando Barry Sheppard y yo entrevistamos a Malcolm en la misma oficina el 18 de enero de 1965, un mes antes de su asesinato. Nuestra entrevista la grabamos para el *Young Socialist*.

Lo primero que me impresionó sobre Malcolm fue lo cansado que lucía. (En la *Autobiografía*, Alex Haley describe el horario de 18 horas que mantenía). En un momento, hacia el final de la entrevista, en la grabación se alcanza a escuchar un bostezo, seguido de una disculpa. "Perdonen mi mente cansada". Al principio estábamos un poco incómodos, con la impresión de que Malcolm podría necesitar reposo más de lo que nosotros necesitábamos una entrevista, y como era la primera vez que nos encontrábamos, había una cortesía excesiva de ambas partes. Malcolm mandó traer café para los tres, repitiendo su conocido chiste sobre su preferencia por el café claro, y después de eso el ambiente se tornó más cálido.

Al terminar la entrevista formal, le ofrecimos pasarla a máquina y regresar con ella —después de editarla para ajustarla al espacio requerido—, para que la revisara e hiciera las correcciones finales. También le pregunté si le gustaría que la Alianza de la Juventud Socialista organizara para él una gira nacional de charlas en universidades más adelante ese año. Se mostró interesado, pero no se comprometió, y dijo que lo discutiría la próxima vez que nos juntáramos.

Volvamos al pobre Warren. Trata de pescar a Malcolm en una contradicción, pero astutamente Malcolm evade la trampa, y destaca lo que quiere. Warren reacciona:

"Descubrí que esa pálida cara amarillenta que había parecido tan disimulada, tan rígida, como incapaz de expresar sentimiento alguno, de repente estaba henchida de su vida despiadada e impúdica: la repentina sonrisa de lobo, los pálidos labios rosados retraídos para mostrar los poderosos dientes, el brillo al descubierto de los ojos tras los lentes, sugiriendo que los lentes eran sólo parte de un ingenioso disfraz, que los ojos no necesitaban ninguna ayuda, que de repente lo ven todo".

Malcolm se había arruinado los ojos leyendo por la noche bajo una luz débil mientras estuvo en prisión, y en la *Autobiografía* dice que tenía astigmatismo. Dejando de lado los hechos, Warren siente que "los lentes eran sólo parte de un ingenioso disfraz" (una complicada estratagema para timar liberales como fuera). Warren realmente no necesitaba verle los ojos a Malcolm: llegó a la entrevista convencido de que Malcolm era un racista, un demagogo y un oportunista ("Él podría acabar en las barricadas, o en el Congreso. O hasta podría acabar incluso en la junta directiva de un banco"), y es así como se fue.

Malcolm conocía bien el tipo del liberal blanco, y tuvo que haber sonreído ("impúdico") cuando vio cuánto Warren correspondía a ese tipo. Y cuando Warren le pregunta a Malcolm "si cree en el asesinato político" (!), no cuesta imaginar que Malcolm haya "virado la cara impasible, dura, con sus ojos de disimulo" hacia Warren y le haya dicho, "Yo de eso no sé nada".

Regresé a la oficina de Malcolm menos de una semana después de nuestra entrevista con la versión corregida que Barry había hecho de la grabación. (De haber sabido que eso iba a ser lo último que íbamos a conseguir de él, es claro que no habríamos recortado la versión taquigráfica en lo más mínimo). Malcolm estaba hablando con un joven en su oficina interna. Mientras esperaba, como por unos diez minutos, uno de los compañeros de trabajo de Malcolm, la única persona que estaba en la oficina externa, dormitaba en el escritorio de la recepción.

Sobre el escritorio había un pequeño paquete de ejemplares del *Militant*, y encima había un par de monedas de diez centavos.

Mientras Malcolm leía la versión taquigráfica comenzó a sonreír. Cuando llegó a la pregunta sobre el capitalismo, y la declaración, "En mi opinión su colapso definitivo es sólo cuestión de tiempo", dijo, "Jamás había llegado tan lejos. Esto los va a sacar de sus casillas". Le pregunté si quería moderar la respuesta y sin titubeos respondió que no.

Dijo que le parecía que el trabajo editorial acentuaba lo que él había dicho originalmente; que había estado cansado cuando dio la entrevista. Hizo muy pocos cambios, y yo dije que ese sería el texto final, tal y como él lo había dejado. Dijo: "Hagan cualquier cambio adicional que quieran, está bien. Es un placer leer este tipo de trabajo editorial". (El *Young Socialist* no hizo ningún cambio. La entrevista apareció como Malcolm la había leído y aprobado.)

Malcolm comenzó entonces a hablar de jóvenes revolucionarios que había conocido y que lo habían impresionado en África y Europa. Dijo que tenía una larga lista de nombres —les llamaba "contactos"— y que me daría una copia para que les mandáramos el número del *Young Socialist* con su entrevista. También habló del *Militant*, y sobre la frecuencia con que lo había visto en el extranjero.

Le dije que probablemente viajaría a Argelia para participar en el Festival Mundial de la Juventud (que estaba planeado para el verano de 1965), y que quizás podría conocer a algunos de sus contactos allá.[42] Dijo: "Fantástico, eso sería una buena experiencia; les cuesta trabajo creer que hay revolucionarios en Estados Unidos". Quedamos en que me daría la lista después de que se imprimiera el *Young Socialist*.

Le recordé nuestra propuesta para una gira nacional de universidades. Esta vez respondió muy favorablemente; debió haberlo pensado más y quizás discutió la idea con algunos de sus compañeros de trabajo. Dijo que había aprendido a partir de una amplia experiencia de charlas en universidades que en general los jóvenes parecían ser los únicos blancos de mentalidad abierta. Dijo que estaba seguro que el gobierno iba a tratar de comprar a los estudiantes blancos que eran radicales, que este era el principal problema que tenían. Dijo que deberían de "encerrarse en un clóset" —alejados de los profesores y de las ofertas de empleo del gobierno y de las empresas— y pensar de manera más profunda y fundamental sobre sus ideas. Ellos pueden andar el camino que tienen por delante de una de dos maneras, dijo, "como misioneros o como revolucionarios".

Hizo muchas preguntas sobre la Alianza de la Juventud Socialista: ¿cuántas unidades, dónde, en qué universidades? Quería saber cuánto duraría la gira; dijo que no la podía hacer sino hasta después de regresar de otro viaje al extranjero al que ya se había comprometido, pero que ese sería el momento más oportuno. Dije que estaba seguro que en la mayoría de universidades podríamos conseguir un patrocinio para sus discursos más amplio que el de la AJS, y dijo que no le importaba cuán amplio o cuán estrecho fuera el patrocinio.

Me preguntó si leía francés y me pasó una revista de París con un artículo sobre la plática que dio allá en noviembre de 1964.[43] Dijo que creía que era una revista comunista, y que "las cosas son muy diferentes en Europa y en África. Hay comunistas y socialistas por todos lados, y nadie le da tanta importancia. No pueden creer lo estrecho de miras que es este país".

Malcolm también habló largo y tendido sobre el imperialismo, en lo que los marxistas podrían llamar términos luxemburguianos: de cómo Occidente está en un verdadero aprieto porque la revolución colonial está eliminando lugares a donde el imperialismo se pueda expandir.

Me sentí completamente a gusto con Malcolm durante toda esta discusión, que duró bastante a su iniciativa. Se puso muy entusiasmado con la idea de que sus jóvenes contactos africanos recibieran la entrevista en el *Young Socialist* y sobre la posibilidad de que yo los conociera. Yo no sentía que le estaba "quitando" su valioso tiempo: él lo estaba dando voluntariamente, y no por mera cortesía.

Es inconcebible que se comportara de esa manera con un liberal. No habría puntos de partida comunes, ni proyectos comunes de ningún tipo, que él pudiera discutir con un liberal que sintiera —como era el caso con Warren— que estaba cumpliendo su misión cuando logró que Malcolm "admitiera" que no "veía en el sistema americano la posibilidad de la auto-regeneración".

WIDE WORLD

Malcolm X se dirige a jóvenes luchadores pro derechos civiles en Selma, Alabama, 4 de febrero de 1965, durante la lucha por el derecho de inscribirse para votar.

"Malcolm X fue para nosotros el rostro y la voz auténtica de las fuerzas de la revolución americana".

Dijo la verdad a nuestra generación de revolucionarios

Jack Barnes, 5 de marzo de 1965

Los siguientes son fragmentos del discurso dado por Jack Barnes en nombre de la Alianza de la Juventud Socialista en la reunión que rindió tributo a Malcolm X, a la que asistieron más de 200 personas, y que fue organizada por el Militant Labor Forum en su salón del Bajo Manhattan. Otros oradores incluyeron a James Shabazz, un cercano colaborador de Malcolm; Farrell Dobbs, secretario nacional del Partido Socialista de los Trabajadores; y Robert DesVerney, un redactor del Militant. *La reunión fue moderada por el candidato presidencial del PST en 1964, Clifton DeBerry.*

Quisiera hablar esta noche no sólo en nombre de los jóvenes socialistas de la Alianza de la Juventud Socialista, sino en nombre de todos los jóvenes revolucionarios de nuestro movimiento en el mundo que habrían querido hablar en un acto conmemorativo de Malcolm X pero que no pueden estar aquí. Esto es particularmente cierto de aquellos que en África, el Medio Oriente, Francia e Inglaterra recientemente tuvieron la oportunidad de ver y escuchar a Malcolm.

Malcolm fue el dirigente de la lucha por la liberación del pueblo negro. Fue, como dijo Ossie Davis en su funeral, el resplandeciente príncipe negro, la virilidad de los Harlems del mundo. Le pertenece en primer lugar, y por encima de todo, a su pueblo.

Sin embargo, también fue el maestro, el inspirador y el dirigente de un grupo mucho más pequeño, la juventud socialista revolucionaria de América. Para nosotros era el rostro y la voz auténtica de las fuerzas de la revolución americana. Y, sobre todo, dijo la verdad para nuestra generación de revolucionarios.

¿Qué era lo que atraía a los jóvenes revolucionarios hacia Malcolm X? Más importante aún, ¿qué es lo que a menudo convertía a los jóvenes que lo escuchaban —incluso a jóvenes que no eran negros— en revolucionarios? Yo creo que principalmente fueron dos cosas. Primero, decía la verdad llana: sin adornos, sin barnices e intransigente. Segundo, fue la evolución y el contenido del pensamiento político de Malcolm.

Malcolm vio cuán profundas eran la hipocresía y la falsedad que cubren las verdaderas relaciones sociales que conforman la sociedad americana. Para él lo decisivo no eran tanto las mentiras que propagaban la clase dominante y sus portavoces, sino las mentiras y falsedades acerca de su pueblo —sobre su pasado y su potencial— que ese mismo pueblo aceptaba.

El mensaje de Malcolm al ghetto, su agitación contra el racismo, tenía un carácter especial. Lo que decía y lo que hacía emanaban del estudio de la historia de los afro-americanos. Explicaba que para que los americanos negros supieran qué hacer —para saber cómo llegar a conquistar la libertad— primero tenían que responder a tres preguntas: ¿De dónde viniste? ¿Cómo llegaste adonde estás? ¿Quién es responsable de tu situación?

La verdad que Malcolm planteaba era explosiva porque emanaba de un estudio detallado de cómo fue esclavizado el afroamericano. Difundió los hechos que se han suprimido de los libros ordinarios de historia y que no se admiten en las escuelas.

Mientras fue miembro de los Musulmanes Negros y después que los dejó, Malcolm enseñaba que el proceso mediante el cual se esclavizó a los africanos fue el de deshumanizarlos. Recurriendo a una crueldad atroz, comparable a la de los peores campos de concentración de los nazis, les enseñaron a temer al blanco. Sistemáticamente los fueron despojando de su lengua, cultura, historia, nombre, religión y todo vínculo a su hogar en África: los despojaron de su identidad. Los llamaron *Negros*, para indicar esa falta de identidad y esa negación de su origen africano.

Especialmente después de su "emancipación" se les inculcó la virtud cristiana de la humildad y de la sumisión y de su recompensa en el cielo. Se les enseñó que África era una jungla donde la gente vivía en chozas de barro y que al traerlos a América el hombre blanco les había hecho un gran favor.

Malcolm le preguntaba al negro americano: ¿Quién te enseñó a odiarte? ¿Quién te enseñó a ser pacifista? ¿Acaso *él* es pacifista? ¿Quién dijo que el pueblo negro no se puede defender a sí mismo? ¿Acaso *él* no se defiende? ¿Quién te enseñó a no pasarte de la raya y a no avanzar demasiado aprisa en tu lucha por la libertad? ¿Tiene *él* algo que perder con la rapidez de tu victoria? ¿Quién te enseñó a votar por la zorra para escaparte del lobo? ¿Qué es lo que te da a cambio la zorra?

Estas preguntas y muchas más no necesitaban respuesta. Todas las preguntas iban dirigidas a aquellos que no tenían nada que perder ni nada que defender en el sistema tal y como existe hoy en día.

Sus ideas políticas fueron el otro factor que jugó un papel importante en el desarrollo de quienes aprendieron de él. En primer lugar, él creía que la unidad afro-americana era necesaria y así lo explicaba. Creía que era necesario que uno basara sus alianzas en su propia unidad y que rechazara de forma incondicional toda alianza degradante o basada en componendas. La batalla por la libertad sólo se puede librar a partir de esta unidad y de la dignidad y respeto propio que la acompañan. Quienes soslayaran este paso condenarían a los negros americanos a no ser más que la cola de una cometa de fuerzas más conservadoras.

"No podemos pensar en unirnos a otros, sin habernos unido primero nosotros mismos. No podemos ni pensar en serles aceptables a otros sin primero demostrar que somos aceptables ante nosotros mismos. Uno no puede unir bananas con hojas sueltas".[44] Malcolm sabía que los afro-americanos ya habían tenido más que suficiente de este tipo de unidad: con los liberales, con el Partido Comunista y con el Partido Socialista.

En segundo lugar, él hablaba sobre la defensa propia y el verdadero significado de la violencia. Continuamente señalaba que la fuente de la violencia era el opresor, no el oprimido. Constantemente señalaba cómo el opresor usa la violencia. Por un lado de la boca el gobierno y la prensa al negro americano le predican pacifismo, mientras que por el otro lado de la boca anuncian fríamente que van a aniquilar a todos los norvietnamitas que les dé la gana. Malcolm nunca se cansó de señalar la hipocresía que encerraba esta forma de pacifismo, su ineficacia y su carácter degradante y despreciativo.

En la primera reunión del Militant Labor Forum en que habló, Malcolm nos dijo, "Si George Washington no logró para este país la independencia de forma no violenta, y si Patrick Henry no hizo una declaración no violenta, y si ustedes me enseñaron a verlos como patriotas y héroes, entonces ya es hora de que entiendan que he estudiado sus libros con cuidado . . . Ninguna persona blanca lucharía por su libertad de la misma forma en que nos ha ayudado a mí y a ti a luchar por nuestra libertad. No, ninguno de ellos lo haría. Cuando se trata de la libertad del negro, el blanco participa en viajes de la libertad y en sentadas, es no violento y canta 'Vamos a triunfar' y ese tipo de cosas. Sin embargo, cuando la propiedad del hombre blanco se ve amenazada, o cuando la libertad del hombre blanco se ve amenazada, entonces él no es no violento".[45]

En tercer lugar, a diferencia de cualquier otro dirigente negro y a diferencia de cualquier otro dirigente de masas de mi época, continuamente desenmascaró el verdadero papel del Partido Demócrata y señaló que es un error pensar que el gobierno federal de este país va a liberar al afro-americano. Dijo, "Los demócratas obtienen el apoyo de los negros, sin embargo, los negros no obtienen nada a cambio. Los negros ponen a los demócratas en primer lugar, pero los demócratas ponen al negro al último. Y el pretexto que usan los demócratas es culpar a los *dixiecrats*. Un *dixiecrat* no es más que un demócrata disfrazado . . . Porque Dixie en realidad es todo el territorio al sur de la frontera canadiense".[46]

En vez de atacar a los títeres, Malcolm X siempre buscó cómo exponer a quienes *realmente* eran responsables de preservar el racismo en esta sociedad. Cuando Murphy, el jefe de policía de Nueva York, lo tachó a él y a otros de "irresponsables", Malcolm respondió que Murphy sólo estaba haciendo su trabajo. El patrón de Murphy, el alcalde Wagner, era el verdadero responsable de la acusación, dijo.

Malcolm nunca se cansaba de explicar y de enseñar que el responsable de mantener el racismo en el norte y en el sur era el gobierno federal encabezado por el presidente [Lyndon] Johnson. Al hacerlo Malcolm demostraba la persistencia del trato inhumano de los negros y el hecho de que quienes dirigen esta sociedad son responsables de la situación que enfrenta el pueblo negro. Como señaló uno de sus camaradas, el hermano Benjamin, en una reunión reciente de la Organización de la Unidad Afro-Americana, el norte es responsable del racismo que existe en el sur, porque "fueron ellos quienes ganaron la Guerra Civil".

Cada vez que hablaba sobre el Partido Demócrata salía a relucir otro aspecto de Malcolm: su capacidad para traducir las ideas complejas e importantes que desarrollaba y absorbía, al lenguaje de quienes él sabía que cambiarían el mundo. La capacidad de hablar a los oprimidos de forma clara ha sido el genio singular de todos los grandes dirigentes revolucionarios de la historia.

El *Militant* [del 1 de junio de 1964] informó que en su rueda de prensa Malcolm dijo que el presidente [Lyndon B.] Johnson era un hipócrita. Señaló que Richard Russell, el amigo más cercano a LBJ en el Senado, estaba encabezando la lucha contra la ley por los derechos civiles. Un periodista desafió a Malcolm, diciendo que la amistad de Johnson con Russell no probaba nada. Malcolm lo miró con su sonrisa acostumbrada y espontáneamente le dijo, "Si me dices que te opones a asaltar bancos y tu mejor amigo es Jesse James, entonces tengo motivos para dudar de tu sinceridad".

El último aspecto en cuanto a su desarrollo político que tuvo una enorme importancia para la educación de los jóvenes que lo seguían, que recurrían a él o que de muchas formas eran educados por él, fue su internacionalismo revolucionario.

Malcolm dio por lo menos tres razones para explicar su perspectiva internacionalista. La primera era la identidad común de la estructura de poder que practicaba el racismo en este país y que practicaba el imperialismo en el extranjero. "Este sistema no sólo nos rige en América, rige al mundo", dijo.

En segundo lugar, sólo cuando los afro-americanos se dieran cuenta de que son parte de la gran mayoría de personas no blancas en el mundo que estaban luchando por la libertad y que la estaban conquistando, tendrían el valor de librar la batalla por la libertad por todos los medios que sean necesarios.

Malcolm dijo que "entre los llamados negros en este país,

como regla general los grupos de derechos civiles, los que creen en los derechos civiles, se pasan la mayor parte del tiempo tratando de demostrar que son americanos. Su modo de pensar es generalmente interno, se limita a las fronteras de América, y siempre se ubican a sí mismos . . . en el escenario americano, y el escenario americano es un escenario blanco. Cuando un hombre negro se encuentra en ese escenario americano, automáticamente se encuentra en una minoría. Es quien lleva las de perder, y en su lucha siempre toma una actitud limosnera, de sombrero en mano, transigente". Sin embargo, dijo: Nosotros no mendigamos, ni les agradecemos que nos den lo que debían habernos dado hace 100 años.[47]

Por último, estuvo el hecho de que en última instancia la libertad sólo puede conquistarse en una parte del mundo cuando se conquiste en todas partes. En África dijo: "Nuestro problema es también su problema . . . Sus problemas jamás van a quedar resueltos totalmente hasta que, y a menos que, se resuelvan los nuestros. Mientras no se nos respete, y hasta que no se nos respete, jamás los respetarán plenamente a ustedes. A ustedes jamás los reconocerán como seres humanos libres hasta que, y a menos que, a nosotros también se nos reconozca y se nos trate como seres humanos".[48]

Aunque Malcolm X provenía de un ghetto americano, hablaba en nombre del ghetto americano y dirigía su mensaje sobre todo al ghetto americano, es una figura de importancia internacional que desarrolló sus ideas con relación a los grandes acontecimientos de la historia mundial en su época.

Si hubiera que comparar a Malcolm X con otra figura internacional, el paralelo más notable es con Fidel Castro. Ambos pertenecen a la generación que se formó ideológicamente bajo las circunstancias gemelas de la Segunda Guerra Mundial y de las monstruosas traiciones y negligencias de Partidos Comunistas estalinizados. Estos hombres encontraron su rumbo hacia la lucha revolucionaria por su propia cuenta, eludiendo tanto a la socialdemocracia como al estalinismo.

Cada uno de ellos partió de la lucha emancipadora de su propio pueblo oprimido. Cada uno acogió el nacionalismo de su pueblo como algo necesario para movilizarlo en la lucha por su libertad. Cada uno subrayó la importancia de la solidaridad entre los oprimidos en todas partes del mundo en su lucha contra un opresor común.

Fidel no comenzó como un marxista completo ni como un socialista revolucionario. Al igual que Malcolm, estaba resuelto a ganar la liberación nacional de su pueblo "por todos los medios que fueran necesarios" sin componendas con nadie que tuviera algún interés en juego en las condiciones existentes.

El compromiso de Fidel Castro con la independencia política y con el desarrollo económico de Cuba lo condujo finalmente a oponerse al capitalismo. De manera semejante, la posición intransigente que adoptó Malcolm contra el racismo, lo llevó a identificarse con las revoluciones de los pueblos coloniales que se estaban volviendo en contra del capitalismo, y a concluir, finalmente, que en este país, para obtener la libertad, era necesaria la eliminación del capitalismo. Así como Fidel Castro descubrió que no puede haber independencia política ni desarrollo económico en un país colonial sin romper con el capitalismo, Malcolm también había llegado a la conclusión de que el capitalismo y el racismo estaban entrelazados en Estados Unidos, que para poder eliminar el racismo había que arrancar el sistema de raíz.

El nacionalismo negro de Malcolm tenía como objetivo preparar al pueblo negro para luchar por su libertad. "El error más grande del movimiento", dijo en una entrevista aparecida en el *Village Voice* del 25 de febrero, "ha sido tratar de organizar a un pueblo dormido en torno a metas específicas. Primero uno tiene que despertar al pueblo; entonces sí habrá acción".[49]

"¿Hay que despertarlo para que descubra su explotación?" le preguntó la entrevistadora.

"No. Para que descubra su humanidad, su propia valía y su legado", respondió.

Todo lo que le decía al pueblo negro tenía por fin elevar su confianza, organizarlo independientemente de quienes lo oprimían, enseñarle quién era responsable de su situación y quiénes eran sus aliados. Explicaba que el pueblo negro era parte de la gran mayoría: los no blancos y los oprimidos del mundo. Enseñaba que la libertad sólo se podría conquistar luchando por ella; nunca se la han regalado a nadie. Explicó que sólo se podría conquistar haciendo una verdadera revolución que arranque de raíz y cambie toda la sociedad.

De ahí que no sorprende que mucha gente que se consideraba socialista, izquierdista y hasta marxista no pudiera reconocer ni identificarse con el carácter revolucionario de Malcolm. No podían reconocer el contenido revolucionario de este gran dirigente quien lucía las nuevas formas, el lenguaje y los colores oscuros del ghetto proletario americano.

A pesar de lo singular y formidable que fue como individuo, él no podría haber logrado esa visión a menos que las condiciones en este país fueran tales que hicieran eso posible. Aunque nadie puede remplazarlo, el hecho de que hizo lo que hizo, de que se desarrolló como el dirigente revolucionario que era, es prueba de que hay más Malcolms por venir.

Fue prueba de igual forma que Fidel fue prueba. Fidel se mantuvo firme a 90 millas del imperialismo más poderoso del mundo, lo dejó con un palmo de narices y nos demostró, "¡Vean, sí se puede! Ellos no pueden seguir controlando el mundo por siempre".

Malcolm fue incluso más allá que Fidel, porque Malcolm desafió al capitalismo americano desde adentro. Para nuestra generación de revolucionarios fue la prueba viviente de que puede suceder y de que va a suceder aquí también.

Nuestra tarea, la tarea de la Alianza de la Juventud Socialista, es enseñarle a la juventud revolucionaria de este país a que distinga entre el nacionalismo de los oprimidos y el nacionalismo del opresor, enseñarle a diferenciar entre las fuerzas de liberación y las fuerzas de los explotadores; enseñarle a escuchar las voces de la revolución sin importar las formas que adopten; enseñarle a distinguir entre la defensa propia de la víctima y la violencia del agresor; enseñarle a no ceder ni una pulgada al liberalismo blanco y a buscar como hermanos y camaradas a los herederos de Malcolm, a la vanguardia del ghetto.

NOTAS

1. En *Malcolm X. Autobiografía* (La Habana: Editorial de Ciencias Sociales, 1974) se puede hallar un recuento de su viaje por Ghana.

2. Una treintena de antiguas colonias en África había conquistado su independencia política entre 1956 y 1964. En África austral, sin embargo, Angola y Mozambique seguían siendo colonias portuguesas, Rhodesia del Sur (actualmente Zimbabwe) aún estaba bajo el dominio colonial británico, África Sudoccidental (actualmente Namibia) estaba regida por Sudáfrica, y el régimen de la supremacía blanca del apartheid dominaba aún en la propia Sudáfrica.

Angola conquistó su independencia de Portugal en 1975. Casi de inmediato fue invadida por fuerzas del régimen minoritario blanco del apartheid de Sudáfrica, el cual, respaldado por Washington, lanzó ataques militares contra Angola durante los 13 años siguientes con miras a derrocar su gobierno. Los designios sudafricanos en el África austral finalmente fueron derrotados en 1988, cuando combatientes cubanos —que llegaron a Angola en 1975 a solicitud de ese gobierno—, se unieron a fuerzas angolanas y namibias para aplastar al ejército del apartheid en la batalla de Cuito Cuanavale, en el sur de Angola. El desenlace de esa batalla dio ímpetu a las fuerzas de liberación en la región, llevando poco después a que Namibia se independizara del régimen colonial sudafricano y a la caída del propio régimen del apartheid en 1994. Ver Nelson Mandela y Fidel Castro, *¡Qué lejos hemos llegado los esclavos! Sudáfrica y Cuba en el mundo de hoy* (Nueva York: Pathfinder, 1991).

3. La víctima más reconocida de esta práctica fue el cantante Paul Robeson. Otro caso importante fue el del periodista negro William Worthy, quien tuvo que librar un pleito legal por dos años para que se derogara el veredicto dictado en su contra en 1962 por haber visitado Cuba luego que le habían negado un pasaporte.

4. En mayo de 1964, los diarios neoyorquinos publicaron artículos sensacionalistas sobre la existencia de una pandilla de jóvenes negros autodenominados "Hermanos de Sangre", que supuestamente había sido organizada por Musulmanes Negros disidentes para agredir blancos. La charla que a propósito dio Malcolm X tras su regreso a Estados Unidos, aparece bajo el título "Este sistema no puede producir libertad para el negro", en *Habla Malcolm X* (Nueva York: Pathfinder, 1989).

5. El 7 de abril de 1964, el reverendo Bruce Klunder murió arrollado por un bulldozer en el sitio donde se construía una escuela, durante una manifestación en Cleveland a favor de los derechos civiles.

6. El Congo declaró su independencia de Bélgica el 30 de junio de 1960. El primer ministro del recientemente independiente gobierno del Congo fue Patricio Lumumba, quien había dirigido allí la lucha de liberación. Washington y Bruselas maniobraron con rapidez para preparar el derrocamiento del gobierno de Lumumba. Ante los ataques por parte de soldados belgas, unidades mercenarias y fuerzas del régimen secesionista de Moisés Tshombé en la provincia sureña de Katanga —que gozaba del respaldo imperialista—, Lumumba dio el paso fatal de solicitar ayuda militar de Naciones Unidas. En septiembre de 1960, el oficial del ejército congolés Joseph Mobutu, instigado por Washington y Bruselas, depuso a Lumumba. Posteriormente, Lumumba fue arrestado y, a la vista de los efectivos de la ONU, fue entregado a las fuerzas de Tshombé, quienes asesinaron al dirigente congolés en enero de 1961.

En 1964 Tshombé fue instalado como primer ministro del gobierno central del Congo. Las fuerzas emancipadoras adheridas a Lumumba, que tenían sus bases en las provincias orientales del país, encabezaron un levantamiento. Los soldados belgas y las fuerzas mercenarias ayudaron a que Tshombé aplastara el levantamiento, como lo hizo Washington, que organizó "una fuerza aérea instantánea" —según opinó el *New York Times* en 1966— de aviones de Estados Unidos volados por pilotos estadounidenses para llevar a cabo misiones de bombardeos y ametrallamientos. La Agencia Central de Inteligencia también facilitó pilotos que eran parte de las filas de los derechistas cubanos exiliados que Washington había financiado y entrenado para llevar a cabo operativos terroristas contra el pueblo y gobierno de Cuba revolucionaria.

7. La Ley de Derechos Civiles de 1964, firmada como ley por el presidente Lyndon B. Johnson el 2 de julio, proscribió la discriminación en el voto, en las instalaciones públicas, en las escuelas y en el empleo. Dos semanas después, en Philadelphia, Mississippi, desaparecieron tres activistas de derechos civiles, dos blancos y uno negro. Los cuerpos maltratados de Michael Schwerner, Andrew Goodman y James E. Chaney fueron encontrados el 4 de agosto. Al momento del debate en la Unión de Oxford el FBI aún no había hecho ningún arresto.

8. Al dar su fallo en el caso *Brown contra la Junta Educativa*, la Corte Suprema de Estados Unidos declaró en 1954 que el sistema de escuelas segregadas, que la corte misma anteriormente había respaldado como legal, violaba la Constitución.

9. El 16 de julio de 1964, un negro de 15 años de edad, James Powell, murió acribillado por un agente de la policía de Nueva York. Dos días después, la policía disolvió una manifestación frente a la comisaría en el centro de Harlem que exigía el arresto del policía, y apresó a los organizadores de la protesta. La policía entonces causó estragos en la zona, golpeando, arrestando y disparando contra los residentes, matando a uno. La rebelión que siguió en Harlem y la comunidad predominantemente negra de Bedford-Stuyvesant, en Brooklyn, duró cinco días.

10. Malcolm X hace un juego de palabras, pues en inglés "paz" (*peace*) y "pedazo" (*piece*) son homófonas.

11. Cuatro días antes de que Malcolm hablara, el presidente Johnson anunció una escalada masiva de la guerra contra Vietnam, incluido un bombardeo sostenido a Vietnam del Norte y un incremento enorme de efectivos de combate estadounidenses. Para finales de julio, Washington tenía 75 mil soldados en Vietnam.

12. En 1954, el ejército francés sufrió una derrota decisiva a manos de las fuerzas de liberación vietnamitas en Dien Bien Phu. El gobierno estadounidense intervino para remplazar a Francia como la potencia imperialista dominante en la región, apuntalando un

régimen servil en Vietnam del Sur.

13. Ian Smith era el primer ministro del régimen de la minoría blanca que administraba la colonia británica de Rhodesia del Sur.

14. En abril de 1955, se reunieron en Bandung, Indonesia, los representantes de 29 países de África y Asia. La conferencia aprobó un comunicado final en que se oponía a "la segregación y la discriminación raciales . . . en grandes regiones de África y en otras partes del mundo", y declaró el colonialismo como "un mal al que se debe poner fin de forma acelerada".

15. El número del 31 de diciembre de 1962 de *Look* detalla cuatro días de negociaciones secretas a finales de septiembre ese año para simular un enfrentamiento en el que el gobernador Ross Barnett iba a aparecer impidiendo que Meredith entrara a la universidad para inscribirse. Barnett se apartaría cuando los alguaciles federales desenfundaran sus armas. Sin embargo, el arreglo fracasó. La demagogia segregacionista de Barnett avivó a las turbas racistas que él mismo había ayudado a movilizar, y el presidente Kennedy se vio forzado a enviar 2 500 soldados federales para establecer control.

16. La Proclama de Emancipación entró en vigor el primero de enero de 1863, decretando la libertad de los esclavos en los estados sureños que estaban en rebelión contra el gobierno federal en la Guerra Civil estadounidense.

17. Medgar Evers, un dirigente de la Asociación Nacional para el Avance de las Personas de Color (NAACP) en Mississippi, fue asesinado frente a su casa el 12 de junio de 1963. La mañana del domingo 15 de septiembre de 1963, en Birmingham, Alabama, estalló una bomba en la Iglesia Bautista de la Decimosexta Calle, que había sido el punto de congregación de manifestaciones contra la segregación. Denise McNair, de 11 años de edad, y Cynthia Wesley, Carole Robertson y Addie Mae Collins, las tres de 14 años, murieron en el atentado, en el que también resultaron heridas otras 20 personas.

18. En el discurso del Estado de la Unión que el presidente Johnson dio ante el Congreso en enero de 1965, empleó el término "Gran Sociedad" para referirse a su programa interno.

19. Los Consejos de Ciudadanos Blancos eran organizaciones ra-

cistas formadas a mediados de la década de 1950 en el sur para llevar a cabo ataques de escuadrones nocturnos y otras actividades terroristas contra los negros, en respuesta a la creciente demanda para eliminar la segregación en la educación y en las instalaciones públicas.

20. Los Seis Grandes era como los medios de prensa se referían a un número de figuras prominentes en el movimiento por los derechos civiles. Estos eran: A. Philip Randolph, dirigente fundador del Consejo Americano Negro del Trabajo; Martin Luther King, Jr., de la Conferencia de Dirigentes Cristianos del Sur (SCLC); Roy Wilkins, de la NAACP; James Farmer, del Congreso de Igualdad Racial (CORE); Whitney Young, de la Liga Urbana; y John Lewis, del Comité Coordinador No Violento de Estudiantes (SNCC).

21. Hideki Tojo fue el primer ministro de Japón durante la mayor parte de la Segunda Guerra Mundial.

22. El 8 de agosto de 1963, Mao Zedong, presidente del Partido Comunista Chino, emitió una declaración en la que instó a "las personas de todos los colores en el mundo . . . a unirse contra la discriminación que practica el imperialismo estadounidense y a apoyar a los negros americanos en su lucha contra la discriminación racial".

23. El Partido Demócrata de la Libertad de Mississippi (MFDP), formado en abril de 1964, durante el congreso demócrata en agosto de ese año, había intentado conseguir, infructuosamente, que se expulsara a los delegados de la organización demócrata segregacionista de Mississippi. El MFDP anunció entonces sus propios candidatos para las elecciones de noviembre y celebró las Elecciones de la Libertad abiertas a todos los residentes de Mississippi, estuvieran inscritos o no. Después de las elecciones, Fannie Lou Hamer realizó una gira por el norte del país como parte del equipo del MFDP que denunció la exclusión de los negros de la votación oficial en Mississippi e instó al Congreso a que no se instalara a los que habían resultado electos. El discurso que dio Malcolm en el mitin en Harlem el 20 de diciembre de 1964, durante una gira nacional realizada por Hamer, aparece bajo el título "Lograr la libertad por todos los medios que sean necesarios" en *Habla Malcolm X, op. cit.*

24. El 4 de enero de 1965, el Congreso de Estados Unidos debía

comenzar una nueva sesión legislativa. Muchas organizaciones de derechos civiles y otras más apoyaban la demanda del MFDP de que el Congreso rehusara instalar en sus puestos a los ganadores de las elecciones de Mississippi, de las que se había excluido a los votantes negros.

25. El discurso "Fundación de la Organización de la Unidad Afro-Americana", dado por Malcolm X el 28 de junio de 1964, se encuentra en *Habla Malcolm X, op. cit.* En él, Malcolm lee y explica el programa de la OAAU. El Programa Básico de Unidad de la OAAU del 15 de febrero de 1965, se incluye en *Malcolm X: February 1965— The Final Speeches* (Malcolm X: febrero de 1965—los discursos finales; Nueva York: Pathfinder, 1992), págs. 269–81.

26. COFO era el Consejo de Organizaciones Federadas, una coalición de grupos de derechos civiles en Mississippi, formada en 1961.

27. Malcolm X se refiere a la negativa de los dirigentes de los Musulmanes Negros para responder a un ataque perpetrado contra sus miembros por la policía de Los Ángeles. El 27 de abril de ese año, la policía acribilló a siete miembros de los Musulmanes Negros desarmados, matando a uno y dejando a otro lisiado. Luego montaron cargos y arrestaron a 16 musulmanes acusándolos de haber agredido a la policía. Malcolm X organizó una amplia campaña de defensa, que involucró a muchas organizaciones de la comunidad negra de Los Ángeles. Cuando se preparaba para lanzar la campaña a nivel nacional, la oficina de la Nación del Islam en Chicago canceló todo el esfuerzo, restringiendo la labor de defensa a los tribunales. Este episodio se describe en el capítulo titulado "La escisión", en George Breitman, *The Last Year of Malcolm X* (El último año de Malcolm X; Nueva York: Pathfinder, 1967).

28. Mau Mau era el nombre dado por los colonialistas británicos a los grupos rebeldes que llevaron a cabo la lucha armada durante la década de 1950 por la independencia de Kenya. Las autoridades británicas encarcelaron a Kenyatta en 1953 como un dirigente de esa lucha.

29. Tshombé estuvo exiliado en Europa de 1963 a 1964.

30. El congresista de Manhattan, William Fitts Ryan, anunció el 23 de diciembre de 1964 que presentaría una resolución para im-

pedir que los cinco candidatos de Mississippi declarados electos por el voto oficial el mes anterior asumieran sus puestos en la Cámara de Representantes. El congresista de Harlem, Adam Clayton Powell, fue uno de 16 representantes que apoyaron la resolución.

31. Los discursos que Malcolm X dio en Tuskegee y Selma, Alabama, el 3 y 4 de febrero de 1965 respectivamente, se encuentran en *Malcolm X: February 1965—The Final Speeches, op. cit.* Malcolm fue asesinado antes de que pudiera cumplir sus planes de hablar en Mississippi más adelante ese mismo mes.

32. Para conocer el punto de vista de Malcolm X sobre la corrupción moral y la hipocresía de Elijah Muhammad, ver su discurso del 15 de febrero de 1965, "Está aconteciendo una revolución mundial", así como la entrevista radial del 18 de febrero, "El movimiento de los Musulmanes Negros: una evaluación", ambos en *Malcolm X: February 1965—The Final Speeches, op. cit.*

33. A comienzos de diciembre de 1964, más de cinco meses después del asesinato de tres activistas de derechos civiles en Mississippi, el FBI arrestó a 21 personas. Los cargos fueron desestimados a la semana siguiente por "insuficiencia de pruebas". Luego de tres años de demoras, finalmente siete fueron declarados culpables, recibiendo condenas de tres a diez años de prisión.

34. Durante la década de 1960, Estados Unidos mantuvo un cuartel con más de 5 mil soldados en Berlín. En octubre de 1961, tanques estadounidenses y soviéticos se enfrentaron, llegando a un punto muerto en el entonces recién construido Muro de Berlín, en el corazón de esa ciudad ocupada.

35. En una reunión del Militant Labor Forum celebrada el 7 de enero de 1965, Malcolm X mencionó su encuentro con John Lewis en Kenya. Ver *Malcolm X Speaks* (Habla Malcolm X; Nueva York: Pathfinder, 1989), pág. 231. Los comentarios de Lewis y de otro dirigente del SNCC sobre el impacto del viaje de Malcolm X por África se pueden encontrar en ese mismo libro, págs. 101–2.

36. En las elecciones presidenciales de 1964, el candidato republicano Barry Goldwater fue derrotado por el candidato demócrata, Lyndon B. Johnson.

37. Los "dixiecrats" eran el ala abiertamente segregacionista del

Partido Demócrata que en aquel entonces dominaba la mayor parte del sur —lo que se conocía como Dixie— de Estados Unidos.

38. El 28 de agosto de 1963, la Marcha en Washington atrajo a más de 250 mil personas para una concentración ante el Monumento a Lincoln. La marcha reivindicó la aprobación de una ley de derechos civiles que entonces se estaba considerando en el Congreso.

39. El 10 de enero de 1965, el Comisionado de Policía de Nueva York, Michael J. Murphy, criticó incisivamente a dirigentes negros como Malcolm X, quienes habían señalado el ánimo de frustración existente en los ghettos negros y vaticinado brotes de resistencia. Según Murphy, tales advertencias eran las causantes del problema.

40. Hasta comienzos de la década de 1970, el gobierno estadounidense rehusó reconocer a la República Popular China, sosteniendo en cambio que era el gobierno capitalista de Taiwan (Formosa) el que representaba a China.

41. Robert Penn Warren (1905–1989) fue un novelista, poeta y crítico literario estadounidense. Es el único escritor que ha recibido el Premio Pulitzer por novela y poesía.

42. El IX Festival Mundial de la Juventud y los Estudiantes estaba programado a celebrarse del 28 de julio al 7 de agosto de 1965 en Argel, y la Alianza de la Juventud Socialista le había pedido a Barnes que encabezara su delegación. Los organizadores del festival pospusieron el evento y comenzaron a buscar otra sede tras el golpe de estado de junio de 1965 que derrocó al gobierno popular revolucionario de Ahmed Ben Bella, que se había ofrecido como anfitrión del encuentro juvenil internacional. Unos 36 años más tarde se celebró el XV Festival Mundial de la Juventud y los Estudiantes en Argel, del 8 al 16 de agosto de 2001. Los libros de Malcolm X estuvieron entre los de mayor venta en la mesa de literatura de Pathfinder durante el encuentro en Argel.

43. El periodo de preguntas y respuestas de esa presentación de noviembre de 1964 aparece bajo el título "Una reunión en París", en *By Any Means Necessary* (Por todos los medios que sean necesarios; Nueva York: Pathfinder, 1970, 1992). La reunión la patrocinó la organización Présence Africaine, y la versión taquigráfica se publicó en 1965 en la edición en inglés de la revista del mismo nombre.

44. "Declaración de independencia", 12 de marzo de 1964, en *Habla Malcolm X, op. cit.*

45. El "Discurso sobre la 'revolución negra'" dado el 8 de abril de 1964, se encuentra en *Two Speeches by Malcolm X* (Dos discursos por Malcolm X; Nueva York: Pathfinder, 1965, 1990). El periodo de discusión constituye el capítulo 2 de *By Any Means Necessary, op. cit.*

46. *Two Speeches by Malcolm X, op. cit.*, pág. 23; ver también la nota 36 arriba.

47. *Two Speeches by Malcolm X, op. cit.*, pág. 18.

48. El "Llamado a los jefes de estado africanos", presentado por Malcolm X a la reunión celebrada del 17 al 21 de julio de 1964, en El Cairo, Egipto, por la Organización de la Unidad Africana, se encuentra en *Malcolm X Speaks, op. cit.*

49. Ver "Debemos aprender a pensar", entrevista con Marlene Nadle del *Village Voice*, en *Malcolm X: February 1965—The Final Speeches, op. cit.*

ÍNDICE

Revolucionarios

Che Guevara habla a la juventud

"De nada sirve el esfuerzo aislado, el esfuerzo individual, la pureza de ideales, el afán de sacrificar toda una vida . . . si ese esfuerzo se hace solo", fuera de una organización revolucionaria, explicó Guevara a la juventud cubana. En ocho discursos presentados entre 1959 y 1964, el legendario dirigente comunista reta a la juventud a politizar sus organizaciones, unirse a las luchas revolucionarias y convertirse en seres humanos diferentes a la vez que se esfuerzan, junto a trabajadores y agricultores de otros países, a transformar el mundo. US$14.95

El manifiesto comunista

CARLOS MARX Y FEDERICO ENGELS

A fines de 1847 dos jóvenes revolucionarios se sumaron a los cuadros obreros veteranos de varios países para formar la primera organización comunista moderna. Su manifiesto de fundación, redactado por Marx y Engels, declaraba que su programa derivaba no de "principios sectarios" sino "de las condiciones reales de una lucha de clases existente, de un movimiento histórico que se desarrolla ante nuestros ojos". US$5.00

El origen de la familia, la propiedad privada y el estado

FEDERICO ENGELS

Explica cómo el surgimiento de la sociedad de clases dio origen a los organismos estatales e instituciones de familia represivos, los cuales protegen la propiedad de los sectores dominantes, permitiéndoles transmitir de unos a otros riquezas y privilegios. Engels explica las consecuencias que estas instituciones de clases acarrean para el pueblo trabajador: desde sus formas originales hasta sus versiones modernas. US$17.95

¡Qué lejos hemos llegado los esclavos!

Sudáfrica y Cuba en el mundo de hoy

NELSON MANDELA Y FIDEL CASTRO

Al hablar juntos en 1991 en Cuba, Mandela y Castro discuten la relación y ejemplo singulares de las luchas de los pueblos sudafricano y cubano. US$10.95

en sus propias palabras

Habla Malcolm X

La edición más extensa en español de discursos, entrevistas y declaraciones del último año de la vida de Malcolm X. Esta colección permite ver su evolución en cuanto a las ideas sobre el racismo, el capitalismo y el socialismo, la acción política y más. US$17.95

La revolución granadina, 1979–83

Discursos de Maurice Bishop y Fidel Castro

Bishop, dirigente central del gobierno de trabajadores y agricultores en la isla caribeña de Granada, habla en junio de 1983 ante la juventud y el pueblo trabajador en Estados Unidos. Incluye un discurso de Castro dado en La Habana tras la invasión estadounidense de Granada. En su introducción, Steve Clark evalúa los logros del gobierno popular revolucionario, y explica las raíces del derrocamiento de la revolución. US$9.00

La emancipación de la mujer y la lucha africana por la libertad

THOMAS SANKARA

"No existe una verdadera revolución social si la mujer no es libre", sostiene Sankara, dirigente de la revolución de 1983–87 en Burkina Faso. US$5.00

La última lucha de Lenin

Discursos y escritos, 1922-23

V.I. LENIN

A comienzos de la década de 1920, Lenin libró una batalla política en la dirección del Partido Comunista de la URSS para mantener la perspectiva que había permitido a los trabajadores y campesinos derrocar el imperio zarista, emprender la primera revolución socialista y comenzar a construir un movimiento comunista mundial. Los problemas planteados en esta lucha —desde la composición de clase de la dirección, hasta la alianza obrero-campesina y las batallas contra la opresión nacional— siguen siendo fundamentales para la política mundial. US$21.95

www.pathfinderpress.com

Nueva Internacional

UNA REVISTA DE POLÍTICA Y TEORÍA MARXISTAS

El imperialismo norteamericano ha perdido la Guerra Fría. Esa es la conclusión que sacó el Partido Socialista de los Trabajadores al comienzo de la década de 1990, a raíz del colapso de los regímenes y partidos en toda Europa oriental y la URSS que se reclamaban comunistas. Al contrario de las esperanzas que abrigaba el imperialismo, la clase trabajadora en esos países no había sido aplastada. Sigue constituyendo un obstáculo tenaz a la reimposición y estabilización de las relaciones capitalistas, obstáculo que los explotadores deberán enfrentar en batallas de clases: en una guerra caliente.

Tres ediciones de la revista marxista *Nueva Internacional* analizan las expectativas frustradas de las clases propietarias gobernantes y plantean una perspectiva con la que los revolucionarios respondan al renovado ascenso de resistencia de trabajadores y agricultores ante la inestabilidad económica y social, la propagación de guerras y corrientes derechistas engendradas por el sistema del mercado mundial. Explican por qué, al comenzar el siglo XXI, las perspectivas históricas para la clase obrera, lejos de decaer, han mejorado.

El imperialismo norteamericano ha perdido la Guerra Fría

JACK BARNES

"Sólo entre los luchadores, entre los revolucionarios de acción se podrá forjar comunistas al calor de la lucha. Y es sólo entre la clase trabajadora que podrá surgir la vanguardia política de masas de estos combatientes. La lección de los más de 150 años de lucha política del movimiento obrero moderno es la siguiente: llegar a ser y seguir siendo revolucionario significa llegar a ser comunista".
En *Nueva Internacional* no. 5. US$15.00

La marcha del imperialismo hacia el fascismo y la guerra

JACK BARNES

"Habrá nuevos Hitlers, nuevos Mussolinis. Eso es inevitable. Lo que no es inevitable es que triunfen. La vanguardia obrera organizará a nuestra clase para combatir el terrible precio que nos imponen los patrones por la crisis capitalista. El futuro de la humanidad se decidirá en la contienda entre estas dos fuerzas enemigas de clase". En *Nueva Internacional* no. 4. US$15.00

Los cañonazos iniciales de la tercera guerra mundial

JACK BARNES

"La guerra de Washington en el Golfo y su resultado no iniciaron un nuevo orden mundial de estabilidad y armonía supervisada por la ONU. En cambio, fue la primera guerra que desde el fin de la Segunda Guerra Mundial nace básicamente de la intensa competencia e inestabilidad acelerada del viejo orden mundial imperialista". En *Nueva Internacional* no. 1. US$13.00

TAMBIÉN SE ENCUENTRAN EN LAS PUBLICACIONES HERMANAS DE *Nueva Internacional* EN INGLÉS, FRANCÉS Y SUECO.

October 1962: The 'Missile' Crisis as Seen from Cuba

(Octubre de 1962: la crisis 'de los misiles' vista desde Cuba)

TOMÁS DIEZ ACOSTA

En octubre de 1962, durante lo que ampliamente se conoce como la crisis de los misiles cubanos, Washington empujó al mundo al borde de la guerra nuclear. Aquí se cuenta, por primera vez, la historia íntegra de ese momento histórico desde la óptica del pueblo cubano. Dirigido por el gobierno revolucionario, y decidido a defender su soberanía y su revolución socialista, bloqueó los planes de Washington de lanzar un ataque militar y preparó el terreno para resolver la crisis, librando así a la humanidad de las consecuencias de un holocausto nuclear. En español lo publica Editora Política. US$24.00

Cuba y la revolución norteamericana que viene

JACK BARNES

"Primero se verá una revolución victoriosa en los Estados Unidos que una contrarrevolución victoriosa en Cuba". Ese juicio de Fidel Castro es hoy tan correcto como cuando lo planteó en 1961. Este libro, que trata sobre la lucha de clases en el corazón imperialista, explica por qué. US$13.00

La clase trabajadora y la transformación de la educación

El fraude de la reforma educativa bajo el capitalismo

JACK BARNES

"Hasta que la sociedad se reorganice para que la educación sea una actividad humana desde que aún somos muy jóvenes hasta el instante en que morimos, no habrá una educación digna de la humanidad creadora". US$3.00

Cosmetics, Fashions, and the Exploitation of Women

(Los cosméticos, la moda y la explotación de la mujer)

JOSEPH HANSEN, EVELYN REED Y MAR ALICE WATERS

De cómo los capitalistas se valen de l condición de segunda clase y de las inseguridades sociales de la mujer pa comercializar los cosméticos y acumu ganancias. En la introducción, Waters explica cómo el ingreso de millones d mujeres a la fuerza laboral durante y después de la Segunda Guerra Mundi cambio de forma irreversible la socie estadounidense y sentó las bases par ascenso renovado de las luchas por la emancipación de la mujer. US$14.95